JN096921

ピーターパンの周遊券 *1*

白い越境者

晩春の残留者

黒川博之
Kurokawa Hiroshi

文理閣

大仙市神岡町姫神山の桜並木

わたしの写真展

横手りんご園から

右上：桜と鳥海山
右下：横手市の雪よせ
左下：横手市のミニかまくら遠望

仙北平野の冬柿

大曲丸子川

鳥海高原の夕焼け

由利本荘市晩夏の朝焼け

田空港近くの越冬猫

尾去沢の野生カモシカ

序にかえて

この度、初めて本を上梓することになりました。この時世は世間に自分史出版が流行っているみたいです。つい自分もとなり、それにいろんなご縁を頂いて小生も騎虎の勢で書き綴りました。

内容は秋田県医師会雑誌に投稿したもののうち平成二六年から令和三年に掲載いただいた随筆五〇本と写真です。

出版社の編集者に気づかされたことですが、太平洋戦争にまつわる話が多くて一〇本に近い、これは私が団塊の世代であること、特に医師会誌の八月と一二月に執筆したものが大半にのぼり、終戦の玉音放送や、開戦日の真珠湾奇襲に纏わるテーマが多くなりました。

戦争以外の随筆では、東日本大震災の体験「魚の出てきた日」、次いで一九八三年と一九九九年に訪れた中国紀行「碧空」です。日本の戦後とほとんど変わりない、土地は広く人口は多いが、発展途上国に追いつけない国だった中国。しかし北京の秋の空の広さ、高さ、そして青さは息をのむほどに美しかった国中国でした。

その後に、爆発的に発展している中国をじかに見て、歴史が変わるということを実感しました。令和時代の中国は往時の予想をさらに超えています。

第三には二〇世紀末のベルリンをおとずれ、日本人でただ一人の海外記念館である森鷗外記念館訪問記「鷗外の机」も記憶に残ります。

その次は「饅頭屋の切腹」。著者の小学生時代の友人が坂本龍馬の亀山社中時代に力量を発揮した近藤長次郎（饅頭屋長次郎）と縁があり、リアルな話をお聞きして、つい維新時代物が多くなりました。

この愚文集の一編だけでもお読みくださった方に何らかの勧興があればまことに喜びです。

令和四年夏

著　者

ピーターパンの周遊券 1 白い越境者 目次

Ⅱ　自伝的散策

Ⅲ　旅の風に想う

Ⅳ　東日本大震災

I 随想

やがて哀しき剛速球

夕闇の理髪店

診察室の壁時計の針が午後七時を回る。私の勤務している病院四階の読影室にはまだつよい日の光がさしこんでくる。

そんな夏には毎年いつも得をしたような気分になる。

私は病院から二、三〇〇メートル程の距離にある駅前の理髪店に数ヵ月ぶりに閉店間際に飛び込んだ。駅からの広い直線道路は人影も車も絶えて、信号機はデコレーションでしかなく最近は無視している。

オレンジレッドの夕日とミックスされた蛍光灯の光はぼんやりと室内に浮遊している。閑散としている店内で「いつものように、二分あるいは三分刈りによろしく」、亭主の当惑顔に「面倒くさいなら、いっそスキンヘッドで頼むよ」と踏み込んだ。

私以外にはほとんど、使用しないバリカンを取り出しながら「まだまだスキンヘッドだとやはり寒いですぜ、それにね、スキンヘッドも若いもんは海老蔵のようになかなか見栄えがしまして、あれはファッションですが、年寄りだと頭もどうしてもやはりなにか、艶が無くて寂しく弱々しくみすぼらしい頭になりましてねえ。梅干しがしぼんだようにね」と、思いがけない水を浴びせてくるので「それじゃあ三分でゆこう」。

私も若い頃は頭髪の黒さをあちこちの理髪店でしばしば褒(ほ)められたものだ。こんなに黒くて柔らかいつやのある髪の毛は女でもなかなかない。この髪はいい鬘(かつら)になる高い値段で売れますよ、なんて喜んでいいのか、嬉しい気分になったのは確かだ。

しつこく勧められたが結局そうカネにこまることもないのでそのままきてしまい、もう売れない齢になったことを寂しく嘆く。

気持ちよく唸りながら、バリカンは稲刈りのようにばさばさと髪の毛を青い木綿の刈布(かりふ)、てるてる坊主のカットクロスに散らす。

「元気で長生きがいいといいますが、今のご時世ではもったいなくてね」

「どうして？」「今のご時世、団塊の世代のみんな、定年後にこう仕事がなくっちゃあ、することもないので生きていても勿体(もったい)ないですわ」。笑いながら小さく吐き捨てたので私も心配になった。外ではいつもは電線に集まる烏の気配さえもみかけない。平凡な一日を終えて、誰もいない理髪店の主と交わす話はいつもゆっくりと、心に沈殿している。

「烏がいないね」「ああ春を過ぎますと、とたんに工事も本格的になり大分賑やかというか、もう喧しくなってきましたよ。それで烏も立ち退いたんじゃないですか」と苦笑いした。「ん？　そうかい」親父は顎を窓の外にしゃくった。「なるほどね」窓の外、道路を隔てたねむのき公園の向こうでは、夕空にあかね雲を背にして巨大な鉄骨の群れが黒いシルエットとして天空高く屹立(きつりつ)していた。ここから視界はすっか

り暗く狭く小さくなった。空を突き刺すような数本の巨大なタワークレーンの、柱のあちこちからルビーのような警告灯の光がモンスターのムカデの眼のように、夜空に点滅している。

「えへへ、あれが落ちてきたらどうなるんでしょね。えへへ」

「ここを直撃したらみんな助かるまい。でも偉いモノだね。今、落ちないことが不思議だよ」

「ホント、えらいものだす。あれでスカイツリーなんかも工事したそうで」そこには巨大な未来の怪物のようなタワークレーンが数本こちらを睨(にら)んでいた。

「今は静かにやっていますが昼頃はそれはもう喧(やかま)しいものでしてね」と、そこで急に私が病院関係者だということを不意に思い出してか、ふっと口をつぐみ斜め上に置いてあるテレビの画面に話頭(わとう)を変えた。

「旦那、今日、東京では号外が出たそうですぜ、こちらじゃ、何があろうとさっぱりで、あたしゃあ号外なんか五〇年ちかく出された記憶がないですけどね」

茶色の勲章

五〇年前の号外は朝鮮戦争仁川(インチョン)上陸とかケネディ暗殺とか物騒なニュースが多かった。

現代の今日、元巨人軍の長島サンと松井選手に国民栄誉賞が贈られるという号外が配られている。その東京駅前での号外場面をテレビ、ネットの映像ニュースとして多くの人が見る、馬鹿馬鹿しい世相になった。号外の発布は今では、報道の緊急性よりも人寄せ、話題つくり、にある。国民栄誉賞そのものとおなじようにだ。

数ヵ月前に大鵬関の死後の国民栄誉賞贈与に批判が集中した。大鵬の奥様、かつての榮太郎の看板娘が「生きているうちに貰えたらどんなに喜んだか」とネットにでていた。次の報道では彼女の言葉は「生きているうちに貰いたかった」と遠慮の無い本音の言葉に増幅された。

長島さん達の突然の栄誉賞贈与に関するコメントが政府から出た。

湯沢出身の菅官房長官が大鵬親方授与に対しての批判があったことを隠さなかった。

官僚のご都合主義、日和見(ひよりみ)体質には馴れていたがそれをもう隠さなくなった含羞(がんしゅう)のなさに、私は呆けたような気分になる。巨人、大鵬、卵焼き、だね、遠い昔にNHKだかの人気番組、連想ゲームを官僚達も若かりし頃にもしっかり見ていたのだろう。

大鵬親方は巨人と同列にあつかわれるのを嫌った。巨人は金をバラマイていい選手を引っ張ってくるんだから強いのは当たり前だ、おれはただ一人、稽古一筋でこの成績を残している。とテレビで目を剥(む)いて語っていた。

そうかあ、松井選手に長島サンか、V9時代は長さんと王さんは巨人の三、四番だった。プロ野球記録のホームラン八六八本の記録をもつ王さんは、ホームラン本数でハンク・アーロンの七五五本を抜いた昭和五二年、一九七七年に最初の国民栄誉賞を三七歳で授与された。王選手の世界一達成からほとんど時間をおかずに国民栄誉賞がなかば彼のために創設されて、王さんは初の国民栄誉賞を授与された。

七〇歳をはるかに越して、やっと貰えた感のぬぐえない長さんは贈与理由としての数値的記録経歴では劣る。

しかし彼こそ、この賞に値すると私は思う。彼が今日のプロ野球人気を築いたといって言い過ぎにはなるまい。

私は半世紀以上前にあの夏の夜の天覧ホームランをリアルタイムで目撃した。

あの頃、昭和三四年、皇太子殿下と美智子様の結婚式の年であった。

その一年程前に実家に購入されていた小さな白黒テレビを私は見ていた。小学四年生の私とクラスメイトのU君は、小さな画面を斜めにかすめた白く細い放物線が満員の外野席に落ちてゆくのをみた。Uは後に高知県のソフトボール大会の優勝投手になった。ほどなく観覧席の両陛下が立ち上がられて帽子を振りながら退場して行く姿を映し出した。野球場から中継される最初の生ける神様の映像であった。打たれた村山はマウンドでポールを指さしていつものように涙を流さんばかりに抗議していた。夏の夜の球場のざわめきと、陛下の退場を放映して、すぐに中継は打ち切られ定時のニュースの時間となりテレビは安保反対のデモ中継を流していた。岸首相は声なき声をきけ、といった野球場を埋め尽くす数万の民衆をさした。

村山は死ぬまで、あれはファウルだ、僕の位置からははっきりそうやった、と云っていた。ファウルだったら村山の全盛期でもあり、まだまだ試合は投手戦の様相を見せ、ビールの消費量は球場ではもちろん日本全国で伸びたろう。小学四年生のその本塁打はわたしには後世に語り伝えられる一打と思うだけの思考構造はもってない。全てあっけない単純な六月の夏の夜の幕切れであった。祭りの終わり、おもしろうてやがて哀しき、そのあっけなさ、それを生まれて初めて感じたひとときだ。

時は流れて、半世紀を越える今、長島サンの名前さえ聞いたことのない若い世代がいるのが自然である。記録の点では金田の四百勝とか福本の世界一の盗塁記録とか、張本や落合の打率、ホームラン、三冠王、等の打撃記録には劣る。

しかし、それらは、彼らが長さんの足跡を目標にして抜いて出来た記録でもある。あの頃は個性のある選手が多かった。福本は解説者として、あわやホームランという当たりがレフトフェンスの手前で失速し捕球され、何か足りないのでしょうね、のアナウンサーに「距離とちゃう」、バッターのタイミングが遅れているようですが、というアナウンサーに「はようしたらええねん」、ホームランを打たれないためにはどうしましょう、に「歩かせたらええねん」、今のピッチャーの心理状態は「知らん、わしゃわからん」とやってたな。

さて、この稿の目的である伝説の人について書く。

彼は花火みたいに消えた。彼の記録は上に述べた方達と比較するにはささやかなものである、せめてあの時代にスピードガンがあったならば、少しは巷間（こうかん）でとりあげられることもあっただろう。団塊世代のファンにとり彼は伝説の投手、その伝説すらもいつかは消滅する。だから私はこうして少しは記録に残そうと書いている。

博多・空中庭園にて

ある夏の終わりの夜である。九州福岡ドームに隣接して建てられたシーホークホテルの四〇階の和室、そこで私は竹馬から中学時代までの友人と食事した。ほぼ四五年ぶりで半ば偶然に私たちは彼らの経営するホテルの座敷に相対した。テラスにしつらえた広い日本庭園から夾竹桃の香りがただよってくる。庭園のはるか先には暗い玄界灘の海上に無数の明かりが点滅している。

友はダイエーホークス球団の副室長になっていた。彼、M君はダイエーに入社してほどなく、会社の同郷の同僚と結婚した。ダイエーの創始者中内氏の父と彼女は同じ村の出身であった。人生に運は切り離せない。それでこの社会のあちら側に行ったり、こちら側に置きさられたりするもんだ。

彼は今どちら側に座っているのだろう。

四十数年前の夏、四国山脈ほぼ中央の田舎町、今は仁淀川町と呼ばれている町の川の思い出話だ。

私の仲間達と彼の仲間達は急峻（きゅうしゅん）な川瀬で、南国の全てを焼き尽くすような光線を背中に浴びながら両足を膝まで清流に激しく洗われ、数百キロはありそうな大岩を真ん中に、互いに向かい合い、両側から交互に渾身（こんしん）の力で揺すっていた。その大岩はガキ仲間の縄張りの中間地点にあり、流れの一帯は鮎、ヤマメ、川カニ、ウナギなどの豊漁の源であった。

びくともしなかった大岩が、岩の底にかなてこを数本さし込んで大勢の中学生、小学生が渾身の力で声を上げ調子をそろえて一斉にゆさぶる。岩底から清流に茶色の濁りがゆっくりとしみ出し、その茶色の帯の流れの中を川虫や瀬虫に混じって数匹のウナギが流れるように身をくねらせて、岩から必死の脱出を試みる。一瞬を逃さず、別に身体を逆V字に折りたたみ、顔面眼鏡を水中に浸し岩底からひとときも視線を動かさずに待ち構えていた年長のボス達の数本のチャッシン（小型のヤス）が神業のように二の腕ほどもある太いウナギ達に正確に突き立てられる。我々はまずその思い出を開口一番語った。私たちは学校が終わるとまず川岸に集合していた。私たちの夏の遊び場であり、憩いの流れでもあった川は二一世紀には四万十川を抜いて日本一の清流に指定されたが、魚影は台風対策の護岸工事のせいか消えた。

彼は勉強も男子では一番よくできて、なにより知恵者であった。温厚で冷静沈着、ガキ仲間は秋の山奥や夏の河原で難局に彼の采配を仰ぎその指示は的確であった。私たちの小さい田舎中学の遊び仲間は五人。最も秀才であったNは本田技研に入社したが二〇歳半ばで思いがけない死をとげ、中学ソフトボールの高知県優勝投手のUは五〇半ばで膵癌であっけなく死んだ。同じチームの四番バッターは高知市でスズキ自動車販売店の所長をしている。

お互いに麦焼酎に顔を火照らせて、水炊きをつつきながら、かつてのガキ仲間の知恵者は、

「オヤジがな、ダイエー球団を福岡をフランチャイズに持つと言い出したときに何度も会議が開かれたけれど、結局おれにも程なく鶴の一声で白羽の矢はあたった。オヤジの二男坊とくっついて十数年前に大阪本社からここに来たよ。

それまで営業一筋に生鮮食料品を扱っていたが、ホテルを含めて球団経営なんて初めてだし、もう苦労のし通しだったよ。来た頃は本業も赤字続きで球団にもカネを随分使ったけど、まあここまできたよ。今は巨人に次ぐ黒字を出してるよ。ここ三年は、潤沢(じゅんたく)に資金提供して、王さんの云うとおりの投手を採ってきた。ああ彼らもそうだ。三人共に王さんの云うとおりにとったけどな、三人合わせて、やっと去年は四勝やで、みんな今二軍におるわ。

しかし来年は相当にいける。リーグ優勝は間違いない。和田、杉内、寺原、馬原と投手はかなりいいのが揃って入ったし、打線は五、六点ならいつでも取り返せるメンバーがそろっている」

ひとしきり、故郷の思い出話、球団の自慢話と互いのその後の話も語り終えて疲れたのか、ぬめぬめと

光る五島列島からやってきたヤリイカの刺身を口に流し込むと、呆けたように表情からダイエー幹部社員の生気が抜けた。

「えなつ、そう阪神の江夏のことや。オレ、江夏からヒット打ったことあるんよ。彼がプロ入り前で一番速かったとき、と言われている江夏からな」

「よく打てたね。君がな」おこぜに舌鼓を打ちながら問うた。

「ああ、打てたヒットは一本、されど一本だったなあ。そうだなあ、結局あのヒット一本がな。オレの今を決めたともいえるしなあ。三年生の六月に彼のチームと試合したよ。練習試合だったけどね、その日は彼の登板予定でなかったんよ、でも急に二回から彼が出てきてなあ。九回まで投げてヒットは二本。あとは全部三振や。四番と六番のオレが一本ずつやった。おれの一生はあのヒット一本で、残りの半生は決められた、と今になって思うことがあるよ」

「で、どんなヒット打ったんだね」僕は盃の白魚を喉に流し込んだ。

「それはまあまあ、あとでな、ゆっくり、となあ」と、話をそらした。

彼は冷えた博多豆腐をするように口に入れながら「球団が高知の春野村でキャンプするんで毎年春には帰っているんやけどね。もう高知には戻るまい、ここで骨埋めるわ」と、自らの人生を区切った。

ポツリと「ショートゴロだった」。

投手の話になった。江夏以外では、浪速商業の尾崎、高校生に破格の契約金がでた最初とされる投手だった。三池工業から西鉄入りして黒い霧で消えた池永、作新学院から巨人、そして今は解説者の江川、その他いろいろと速球投手の名前がでた。

私がその投手の名を告げると「うん、山口高志。彼は速かったね。速いそのうえに、むしろ豪腕だったわ。短かったなあ。すぐに肩を痛めてな。

ああ、明日は阪急がくるよ。彼もいるはずだから、都合がいい。時間あればナイターみてよ。一人で来てるんじゃないだろ、学会に一緒に来た人達にあげるといい」と、一〇枚ほどの試合のチケットを紺の背広の内ポケットから出した。「オレは接待でＶＩＰルームから観ている。君とのおつきあいは出来ないけど、山口はすぐにわかるよ」。

追憶

山口高志。彼の球速については、今年のＷＢＣの日本代表監督の山本浩二は「高志が一番速かった」と述懐し、四〇〇勝投手でロッテの監督をしていた金田正一は「村田兆治より明らかに速い」といい、パリーグ元審判部長の村田康一は山口高志が球速ナンバーワンとしている。山口と同僚であった阪急の山田投手をふくめて同意見は多い。当時はスピードガンはなかった。

しかし彼は日本プロ野球史上ナンバーワンの剛速球投手であったことに異論はないだろう。

私が彼の名前を新聞で初めて知ったのは一九七二年である。

ほぼ突然に彼はマスコミに登場してきた。東京六大学と違い関西大学リーグの投手では注目はされなかった。

彼は第三回明治神宮大会、第二一回全日本大学野球大会の優勝投手として登場してきた。その前の記録を今振り返ってみると、関西六大学リーグで六八イニング無失点、六試合連続完封、四九七奪三振、そして一九七一年の秋には同志社大学を相手にノーヒット・ノーランを達成した。

その姿を初めて観たのは、一九七二年秋に京都大学近くの学生がほとんどお得意の店で、レバニラ定食にジンギスカン二皿を平らげていたときだ。

その店のテレビでたまたま第一回日米大学野球選手権大会の最終戦を中継していた。その剛速球に私は目を見張り、意外に小柄であることにも驚いた。

既に、選手権初戦に彼は米国チームから一三奪三振で完投勝利を挙げていた。

予想外に小柄で日本人的な体格の彼の投球フォームは美しくはなく、ごつい全力投球型であった。しかし速い。彼が投球した球は手元から離れた瞬間に、捕手のミットからバーンという音がテレビから伝わるようであった。

その第七戦は淡々と面白くなくすすみ、ヒット一本の完封勝利で飾った。結局、彼は四勝中の三勝を上げた。

その米国チームにはクロマティやフレッド・リンがいた。クロマティやフレッド・リンは後に大リーガーとなり、ＭＶＰに輝いている。来日して日本でも活躍したリンは、大リーガーでもあんな速い球を投げる投手はそういない、と断言している。

私は彼のプロ野球での活躍を楽しみにしていた。ところがなんと、その年のドラフト会議前の一〇月、彼はプロ入りを拒否して松下電器に入社した。理由は一七〇センチそこそこの体格ではプロでやる自信がない、大会社でこつこつと定年まで堅実に働きたい、というものであった。

しかし、アマ球界でも華々しい記録を残して結局、彼は一九七五年に一位指名された阪急に入団した。

一九七五年、入団したばかりの山口はオールスターで王貞治選手と対決したが、王はその速球に目が点となり三振し、高田はのけぞり尻餅をついたのを私は目撃した。その年、赤ヘル軍団は絶好調で優勝し、阪急と対戦した。そして衣笠、山本浩二が次々と直球一本での山口の前に三振を重ねる。阪急の四勝二分けで、広島は一勝もできなかった。その高めの剛速球には時に球審が眼を閉じた。オールスターで対戦した阪神のブリーデンは「あんな速い投手はメジャーにもいない」といいきった。剛球伝説ができた。

常に全力投球、直球一筋の投手生命は短かった。福岡の夜、私は双眼鏡でベンチの一角に、かつての豪腕投手、今はコーチの山口高志をなつかしく眺めた。全力投球以外には出来ない、中途半端のない生き方だった。

私の秘蔵品

今日は長島さんも来ているよ、七〇階に泊まっている、と彼は天井を指さして見上げた。「ああそうだ。忘れないうちに渡しとくよ」と、ごそごそと白いパッケージを開けて、「これこの間の記念ボールと試合球や」。

紙袋から取り出したのは三個のボール、ONそれぞれのサインボールと二一世紀ミレニアム決戦の試合球にご両人のサインが入っていた。「大事にしとくとミレニアムのは値がつくでえ」とニヤリと彼は笑った。

私は畳から立ち上がる前に、よせばいい質問を重ねてした。ショートゴロだったよ。ぽつりと私の目をじっと見つめて半世紀前そのままの丸い澄んだ瞳で遠くを観るように緩めて告げた。その視線は、私が初

めて経験する彼の感情を込めていた。あの日の意味がいまでもわからない。

土産の三個のボールを私は一年に一度その日が来ると引っ張り出してじっとみている（写真）。

ダイエーは福岡ドームをソフトバンクに渡し、本社はイオンの傘下に入る。次男坊は大阪に引き上げざるを得ない事態になったものの、彼はそのままソフトバンクの役員として残り今に至っている。

その翌年の夏、昼休みに携帯電話がなった。

「来週の水曜日から君の勤務先の近くにあるホテルのゆぽぽに泊まるよ。秋田には二日ほどいる予定にしている。東北は何度か行ってるが秋田は初めてだ」

私は彼と時間が合わせられず、その約束の朝、コーヒーのみの朝食を一緒にした。朝の木陰がもう濃い影を劇場の壁に踊らせている。開けた窓から涼しい風が吹き込んだ。わらび座の生産するビールと同様コーヒーもなかなか美味（うま）い。

「わらび座専務の杉山さんと契約したよ。来年四月のシーホーク・ホテルのショー契約を結んだ」

私は胸があつくなり、泣いた。

タクシーの中にいる彼は、「うん、新幹線を使うが秋田市にはいかない、日程がきつくなり、明日の夕方には仙台にいる。うちのチームが楽天球場で試合の予定があるんよ。途中の田沢湖で初めての観光を二時間ばかり楽しむ。それで今回の秋田はおしまいだ」暑い砂塵（さじん）をあげてハイヤーは木陰に消えた。

再び理髪店

私は体中を被うカットクロスが取り除かれた寒さに目が覚めた。

時計の長針が一周していて鏡の中の私の頭は丸く青々としており、その下に日焼けした童顔がさらに丸い。

窓の外では夜空高くに星空と競うようにタワークレーンが美しく金色に輝いている。高い闇の鉄柱の間で工事の火花がみえる。

「タワークレーンは大阪から持ってきたそうで、あの運転技師も大阪からきたと云ってましたね。なんと、トイレもちゃんとあの高いところについているんだそうですよ。これも六月までの契約だそうです。また大阪に帰りそこでの契約があるそうで。それまで倒れないようにと思いますわ」

タワークレーンのまわりにいくつかの黒い影がくるくると廻り走った。理髪屋のオヤジはバリカンをしまうと、入店時に約束したのを忘れず、窓際にあった緑の一段と濃くなったポトスを何本か切り、ビニール袋に丁寧に包み渡してくれた。その時、天空の闇から二つの影が素早く公園の木々に舞い降り消えた。

「ああ、烏がいたね」

「ねぐらに帰ってきましたね。ここの主の烏でして、縄張りを守っているのです。公園の木に巣があるのだすよ」

店のお女将さんが口を添えた「親子の烏ですよ」。

付記

この稿のゲラが届いたとき、浪花商業の剛球投手「怪童」尾崎行雄の死去が新聞で報じられた。尾崎は山口高志と違い高校生の時から一躍脚光を浴びていた。一九六〇年、昭和三五年、大阪の浪商高校一年生の夏に甲子園にデビュー、二回戦で法政二高の柴田に敗れた。二年生の春に一回戦で一七三振、二回戦で一四三振を奪い連続完封し、準決勝で柴田の法政二高とまたぶつかり敗れた。そして昭和三六年、二年生夏の甲子園では三度目の対決で柴田に雪辱し全国制覇を果たして怪童と呼ばれた。

優勝した大会では五試合で五五三振を奪っている。そのまま高校を中退して破格の契約金でパリーグの東映フライヤーズに入団した。たしか、ルーキーという言葉が流行語になると同時に、高校生に多額で破格の契約金が支払われるようになった、その走りである。

入団一年目に二〇勝九敗で新人王、一九六五年には二七勝一二敗で最多勝、入団からの五年間で四度の二〇勝以上を記録している。しかしカーブを数える程しか投げない豪腕投手は、山口高志と同じく肩の酷使で投手生命ははやく終わった。

世の中には常識と違う生き方、いや行き方がある。山口高志と尾崎行雄の共通点は変化球が直球よりは格段に劣ったことである。

大学二年生の夏の夜、私は九州出身の同級生の下宿で巨人阪神戦のナイターを聞いていた。その試合の五回途中でアナウンサーが叫ぶ「あ!!! 大阪球場では阪急と西鉄戦がもう終わったようです。呼んでみましょう。……鶴岡さんですか」。名監督だった鶴岡が「ああ、さっき試合が終わり、お立ち台から山口がおりたとこですわ。いやあ今日の山口は凄かったでっせ。もうど真ん中に真っ直ぐ投げててもまずあたらん、あたってもバットが折れる、そんなですわ。完全試合かとおもてたら最後にヒット二本でしたわ。真っ直ぐだけミットめがけて投げてりゃいいんや、楽なもんですわ」。

その山口は入団して数ヵ月は変化球を投げて滅多打ちにされていた。全力で身体を反らせて投げる投球フォームも変化球には向かなかった。彼らは直球一直線が通用しなくなった時、江川や堀内、東尾にはなれなかった、哀しき剛速球だった。

（二〇一三年）

サンセット・サンライズ

梗概　年末年始にかけて寄せられた賀状欠礼状とか五能線の旅を通じて、昭和五三年に卒業して以来の秋田大学医学部の今昔を振り返りながら、秋田県の医療の将来に思いを馳せてみた。

平成の暮れに

年末に舞い込む郵便は年毎に黒枠のハガキが多くなる。

今年はそのうちの二通に眼が釘付けにされた。一方はもう四〇年近くにわたり年賀状を頂いていた方で、もう七〇歳ちかいだろう女性、仮にAさんとしておく。昭和五〇年中頃の昔のことだ。Aさんのご主人は三〇代半ばに回盲部癌で亡くなった。

当時、私が勤務する福島県会津若松市の竹田綜合病院の手術室に、夏の日の夕刻に小柄な中年男性が虫垂炎の再発による腹膜炎ということで運び込まれた。朝九時から入室して午後五時をとっくに過ぎて、まだ手術室に残っていた小生達が、その日の四、五件目かになる手術を担当した。男性は二、三週間前に病院近くの開業医B先生による虫垂炎の手術をしたのだが、その後も微熱と腹痛、下痢が続くということで、今日の昼過ぎに受診した外来で、外科部長兼理事長のY先生が即緊急手術ということを命じた。

開腹してひどい腹膜炎であることは直ぐにわかった。炎症性癒着を剥離していき、それが確実に認識されたとたんに、私と同じ研修医、東大二外科医局のS先生と顔を見合わせて息をのんだ。進行期大腸がんのほぼ穿通状態であった。我々の背後から手術を監視のために眺めていたQ先生は「そのままちょっと待て！　今、B先生に電話するから!!」と荒々しくその開業医の名前を発して、足早に出て行った。

それからの何やかやは省略するが、Aさんのご主人は術後、私が主治医となりマイトマイシンその他の化学療法を、二、三回試行して、その年の暮れに元気に退院した。二年ほどして福島郡山市の南東北脳神経外科病院に勤務していた私に、Aさんから知らせが届いた。御主人が臨終の状態であるから来て欲しいという内容で、旅費として数万円が同封されていた。私は返信の手紙にその金をそのままに同封して、数日後、会津に向かった。いくら頼りにされてもどうしようもないことはどうしようもないが、私は古巣の病院を訪ねた。

ベッドのそばにはQ先生とAさん、そして男の子二人と女の子の併せて三人の幼児がキョトンと佇んでいた。一番年長は男の子で小学一年生だったろうか。私はその長男に向かい「家族で頑張って、しっかり生きて行くんだよ」と激励と慰謝の言葉をかけたつもりだが、周りには怒号を浴びせているとしか思えなかったかもしれない。翌日の明け方にAさんの夫は亡くなった。

以来毎年、年賀は欠かさずに届き三人の子供の成長と、彼らすべてが社会人になったという知らせや、孫もできたとの報告があり、そして五、六年前に彼女は会津若松市の役所を定年退職した。

Aさんは、その後仙台市に転居したがお元気である。私はその夫の手術結果を聞くAさんの半狂乱の顔が浮かんだ。「主人は黒川先生とあまり変わりない年ですよ!!!　なのに、なのに、なんで主人が死ななきゃならないの!!」と、無茶苦茶でいて哲学的な質問を浴びせた顔も……。手術を手伝ってくれた根っからの天才外科医のS先生は、医局に戻ったのちにドイツ留学をへて、新潟県の病院で心臓血管外科手術を記録的にこなして、二年前に定年退職したが、今もその病院でメスを握っている。

もう一人のBさんは由利本荘市在住の当時六〇代前半の女性で、Y総合病院で進行乳がんの診断を受けて、外科手術後に大曲市のS病院に放射線治療目的に紹介されてきた（当時Y総合病院はリニアック装置の入れ替え工事をしていた）。化学療法、放射線治療は通常のように施行され、特記事項なく退院された。Bさんは入院生活も初めてなら大病を患うことも初めてで、また由利本荘市以外の入院生活で心細かったが、親切にして頂いてと三〇年来に毎年年賀を頂いていた。今年はBさんの兄から年賀状欠礼がきて、Bさんが心筋梗塞で逝去されたことを知った。

光陰矢の如し、を今年はいっそう感じた。

生きていく気のなくなりし師走かな

（付記：令和三年の一二月Aさんから二男の死去が賀状欠礼で告げられた。）

大掃除

昨年の忘年会で秋田大学医学部卒の研修医の先生方と話をする機会を得た。彼らの数人は、医学部の創成期の昔は、えらい先輩がいらっしゃったのですね、と語った。日本医師会常任理事のSさんとか、日本医師会副会長のIさんのことを云っているのか、研修医の対象はわからないが、私は釈然としなかった。

話は変わり、年末の大掃除をしていたら、秋田大医学部同窓会誌創刊号が一〇年近く開けていなかった段ボール箱の底から姿を現した。創刊号の編集者には一期生、二期生の名が続いている。秋田県医師会の方には、これらの大半の先輩先生たちの説明は不要だろう。

創刊号の言葉は医学部長（当時）の公衆衛生学の加美山茂利先生で、「おわかれにあたって」が秋田大学長、前医学部長の麻酔科の渡部美種、「生まれ出ずる悩み」初代医学部長元秋田大学長で産婦人科の九嶋勝司、「憶い出すまま」初代附属病院長、元秋田市立病院長、外科の前多豊吉、「昔日その一」第一内科豊島至と続いている。ページをめくり感慨深いものがあった。物故された方も少なくないが、上にあげた以外の県内の卒業生の方の多くは、今もご健在で活躍しておられる。一方この三月で三期生までの卒業生の大半はいわゆる定年の年齢となる。

そんな無常の時の流れをやはりこの創刊号からも感じた。

五能線のオーシャンビュー

私は大仙市の仙北組合病院在職中にある研究会代表を務めていた。招待講演者は北海道から九州までに及んだが、がんセンター放射線科部長を含めて、いろいろな講師の先生方は懇親会でよく五能線のことを話題に挙げられた。

五能線は秋田県東能代駅から青森県の川辺駅を結ぶ、全長約一五〇キロの単線ローカル鉄道である。その歴史は一九〇八（明治四一）年の能代線にさかのぼる。全線が開通したのは一九三六（昭和一一）年で、この年から五能線と改称された。北日本最果ての日本海海岸線にピタリと並行して走る区間の車窓の眺めは、常に日本全国鉄道ローカル線の人気ランキング上位を占める。車窓からの眺望は素晴らしい。もっと言えば世俗日常からの遊離感があり、旅しているという気になる。そしてどこやら寂しく物悲しくて、私は浮き浮きした面持ちになったことは一度もない。夕焼けの名勝の多い日本海岸でも、特に夕日の名所である。しかし私は夏の夕日よりも、吹雪が荒れ狂い、高波のしぶきが車窓を濡らし、強風にゆれる電車の冬の五能線が、いかにも北日本を旅している気がして好きである。

それで年末から正月にかけて五能線に乗る。五能線といっても快速リゾートしらかみには一度のみしか乗車したことはなく、もっぱらキハ四〇系か五〇系のローカル線、車両はたいてい一両で年末年始やお盆で、多いときでも二両である。私はこの鉄道のオーシャンビューも飽きないが、岩舘駅付近だと二、三人から四、五人程度の乗客となる車内の、高校生や大きな風呂敷包みを背負った行商の婆さん達、そして下車するといつも山に消えてゆく人々の変遷は飽きない。

時には沿線の秋田しらかみ駅、十二湖駅、深浦駅で下車して、以前サンタランド白神として知られていたアオーネ白神十二湖、白神ふれあい館、八森ぶなっこランド、ハタハタ館、オートキャンプ場、ウエスパ椿山を訪れている。

自然災害と人災

脱線したが、この冬の荒海を眺めていると物思いにふけることが多くて、寺田寅彦の「津波と人間」をいつも想起する。その文を抜粋する。

昭和八年（一九三三年）三月三日早朝に東北の太平洋岸に津波が襲い多大の人命と財物を奪い去った。明治二九年（一八九六年）六月に同地方に起こった「三陸大津波」と同様の自然現象が約三七年後の今日再び繰り返されたのである。

こんなにたびたび繰り返される自然現象ならば当該地方の住民はとおの昔に相当な対策を考えてこれに備え、災害を未然に防ぐことが出来ていてもよさそうに思われる。それがなかなか実際はそうならないというのがこの人間界の人間的自然現象であるように思える。

これが天災は忘れたころに……というあの名言に連なるのだが、私は人間社会の現象も同じ愚行の繰り返しで、似たようなもんだと思って、いつもオーシャンビューを眺めている。

そんなことを考えているうちに小生は来年古希となる。この年になっても悶え迷っているばかりの私は、どうしたらいいのだろうか。最後まで衰廃した恥多い体と精神を荒野にさらしそうな気がする。

荒海の波忙しき一月や

秋大医学部の今昔

今年（一九一八年）、トランプ大統領はアメリカの分断を加速させ、世界からは孤立して地球規模の不安の原泉になるだろう。プーチン大統領や習近平国家主席は独裁者に突き進み、カタルーニャは独立運動を激化させていく。平成の年号も変わり、新しい年号が生まれるが、日本も深刻で北朝鮮問題、安倍政権の憲法改正、国債が増え続ける経済も悩ましい。秋田県には陸上基地の対弾道ミサイル迎撃システムも配備される。そして秋田県内医療状況からも目が離せない年になりそうである。

母校の同窓会の事務に長年にわたり携わっているKさんと医師会のNさんの助力を得て秋大医学部卒業生の動向を少し、みてみた。両者で統計の取り方にわずかな差異はあるが大意に影響はしないのでご容赦願いたい。調査はおおむね平成二五年一〇月一日現在の時点とした。

それまでの秋田大学医学部一期生から三八期生までの卒業生は三六〇八名、その間の物故者は男性四四名、女性六名の計五〇名である（性同一障害者もいます）。つまり、三五五八名が社会にでており、男性二六五九名、女性九〇〇名である。我々の頃から見て女性の比率がずい分高くなっていると感じた。それをどうこうとあげつらう気持ちは全くない。我ら三期生は八六名で女性は一〇人足らずであった。

平成二五（二〇一三）年時点で卒業生三六〇八名の出身高校都道府県別は秋田七八〇名と最も多く、次いで東京都三六五、宮城二六七、新潟二〇二、北海道一九八、茨城一四四、と続く。私達が入学していた頃の西日本、特に九州四国は創設期からみると最近は一県一医大が定着したせいか、現在の入学者は本当に少なくなっていて高知県出身の私にとり寂しい限りである。

気になる秋田県出身者の動向は、それまでの卒業生生存者のうち七七三名中の秋田県内就職者は五八三名である。逆に言えば一九〇名が県外に流出したことになる。この数字の多いか少ないかも見方は様々であろう。

ちなみに平成二八年一月では秋田県出身者は一三七五名とさらに増加の速度を加速し、次いで宮城県二三二名、東京都二三一名と続いている。同窓会誌で平成二七（二〇一五）年三月まで四〇期生までが卒業している。初期の定員は八〇名だったが後に増員されていて、ざっとみて現在は四千人弱の人数か。大まかであるが約四分の一が秋田県出身者となる。さて三五五八名の就労機関は一般病院医療機関で一六三二名、医学部系大学付属病院等が九五〇名、開業医六一五名となり、その他研究機関等が五四名である。

それで肝腎の秋田県内の医療状況をみるに、秋大医学部発足当時の昭和五〇（一九七五）年は病院数八一件、勤務医数五四五名に対し、開業医数は六二二人である。今年の平成二九（二〇一七）年で病院数は国の政策もあり六九と減少した反面、開業医数は六二六名とほとんど変わらないが、勤務医は二二三九名と約四倍増である。しかし反面これから間違いなく秋田県は人口減少が加速する。我々の時代は大病院でも内科外科でさえ一人科長は珍しくなかったし、大学病院を別にして県内の中枢病院の総勤務医数は大きい病院でも三、四〇人であった。現在県内の病院は常勤医の増加により充足してきてまことにめでたいが、勤務医の人生設計はどうなるのであろう。

現在、概ね県内大病院の勤務医は定年ちかい部長、科長医師と残りの大半は研修医でやりくりしているのが実態ではなかろうか。

来年からは医師専門医制度が稼働する。今後がどうなるかは全く耄碌老人には予測さえつかない。

（二〇一八年）

なにもかもあっけらかんの五〇年

参考文献

寺田寅彦『天災と国防』講談社学術文庫、二〇一一年第五刷
秋田大学医学部同窓会誌『本道創刊号』昭和六一年三月発行
秋田大学医学部医学科同窓会誌『会員名簿第一三号』平成二八年一月

ねりかんブルースとよさこい節

聖者が里にやってきた

横手○小学校の四年生の皆さん、おはようございます。ああ、五三人全員が声を揃えていっせいに元気なお返事でありがとう。本日はようこそ、この老人保健施設においで下さいました。

横手○小学校は今年の四月に開校したばかりだそうですね。でも元々は金○小学校、黒○小学校、S小学校が統合されてできたということですから、伝統ある学校でしかも友達も増えていますよね。黒○小学校は私の姓と同じなので親しみがもてますよ。

この施設には開設当時の二一年前から皆さんの先輩がおとずれてくれて、楽器演奏や踊りで入所者の皆様や職員を楽しませてくれました。今日は皆さんの登園を楽しみにしていましたよ。

この施設は皆様がもう学校で習ったかもしれませんが「後三年の合戦」で有名な蛭藻沼（ひるもぬま）の近くの高台に建てられ、おじいさん、おばあさんが一五〇人も一緒に生活されている秋田県内では最も大きな施設です。ここに居る皆さんの平均年齢は八四歳です。

今から七〇年以上前に太平洋戦争という戦争があったことは授業で習いましたね。ここに座っておられる皆さんは、戦争前、戦争中も戦後も大変苦しい時代を生きてこられました。小学生の皆さんが今日、おじいさん、おばあさん達が小学生だった頃と比べたら、夢のような豊かな毎日を過ごすことが出来るのは、この入所者の皆さん、そして皆さんのおじいさん、おばあさんのおかげですよ。忘れないでくださいね。

と、ここまで初雪が降るという初冬の朝、百畳もあるような食堂ホールで挨拶した時に、一瞬私は白日夢に引きずり込まれる。今年の秋も靖国神社でその人々は私に絶叫した。あの戦争があったから今日のニッポンの繁栄があるのですよ、と。

そうか、本当にそうか。

ダンス・ダンス・ダンス

ここで白昼夢は半世紀前の土佐の山奥、四国山脈の真中にあった山間の中学校時代に変わる。団塊世代の真ん中に生まれた私たち中学生は、昭和三〇年代のおわりにある歌を口ずさんでいた。その頃、テレビは人口六千の町に数台あるきりでろくに普及していない時代だったが、歌はどこからか口づてに伝えられ、あっという間に流行し、あっという間に校長先生が歌うことを朝礼で禁止した。その歌の流行期間はその田舎町では一週間もなかったろう。

その日からラジオでもレコードでも映画でも、一切私はその歌は聴いたことが今の今までない。「ねりかんブルース」と先輩におしえられた歌詞は

身からでましたサビゆうえにいいいい
いかあすポリ公に捕まってー
青い車に乗せらあれてええええてえええ
着いたところが練馬ああ区うの
ここは少年鑑別所おお

と秋田医報の品位を落とすのでこれ以上書かないが、私は最近、やたら太平洋戦争を経験した軍医さんたちの手記、小説を買い集めて読破している。そして偶然に、この歌が戦争中に作者不詳で歌われた軍隊内の俗謡「可愛いすーちゃん」であり、当時様々な替え歌が男女双方に入れ替えて歌われ、閉じ込められたことを知った。

芸能は風のごとく伝搬する。

その朝に入所者様に披露された小学生の最後の演目は「『よさこい』を踊ります」というリーダーの挨拶にあった。ダンスは振り付けも音楽も現代風にアレンジされていて、私が幼年時から小学生時代に、真夏の狂騒のなかで踊ったものとは縁もゆかりのないものだった。

平成の今日「よさこい鳴子おどり」は札幌の「よさこいソーラン」を筆頭に、日本全国の数百の団体グループで踊られている。それらは本場高知のそれとともに、毎年進化していて日本全国の夏には欠かせない定番の行事となっていて、各地の老若男女の熱狂的な生き甲斐でもある。徳島の阿波踊りと違い、高知の鳴子踊りは当初から全く自由なふりつけで各団体が「連」を組んで踊っていた。むしろ踊りよりは創作を競い合うパフォーマンスであり、固定した型、格式を持たなかったのがよかったのだろう。
さて私の勤務する施設は横手市にあり、ここは松前、津軽、岩手などの大名の参勤交代の本陣が置かれた町でもある。団塊世代でどうやら「戦争を知らずに生まれ 戦争を知らずに終わる世代」の私は、現代の参勤交代が待ち遠しくなり、この子達が永久に歌い踊ることも祈っている。

（二〇一九年）

付記：今回の随想はボブ・ディランの影響が愚生にもどこかにあったらしい。

夢占い

年が暮れてゆく。

私の幼少時、暮れには南国の小春日和に朝日を浴びて、庭で障子の張り替えが始まり、この日ばかりは私は乱暴に障子を破らせてもらう。すぐに止めさせられ、あとはおなご衆が丁寧に剝がしてやがて障子は骨ばかりとなる。

障子張りも終わる夕刻の闇に消防団のかちんかちんという拍子木の余韻が川面に響く。その頃にはコモ、つまり保温用の丸い麦わら製のお櫃に、これも一回り小さい木製のお櫃がすっぽり納まってあたたかい。炬燵の上には蜜柑、ゆず、文旦の山が積まれる。大晦日には搗いたばかりの餅を玄関の火鉢で練習用と称して焼く。明けると書きぞめや羽つき、たこ揚げ、福笑い。縁側の垣根には獅子舞が現れる。それらは昭和に全部消えた。しかし、これは残るだろう。初夢の「一富士二鷹三茄子」。当時は私も大晦日の夜に下手な富士山らしき絵を枕下に入れ眠りについた。富士山はおろか鷹と茄子の夢の記憶はない。大体、富士山の実物をみたこともないし、鷹や茄子の夢がどうしてありがたいのか不思議でもあった。ただし兄弟や従兄弟がみたと言うと、私は悔しいやら損したような気がした。あれから半世紀、私が無数の夢の中で記憶している夢は幾つあるだろうか。

その人は真夏の風景にゴジラが表われるように、青い山脈の彼方、入道雲の中から突然に青空に巨大な顔を突き出した。ニターと笑った彼に、ああY先生、と私は呼びかける、急に彼はかき消えて目覚めた。晩秋の訪れを朝の足裏に感じた。特に親密でもないY先生の夢をみたのだろうと不思議であった。すぐにああ週末の地方会で会えるのだと思い、それきり忘れていた。一週間後に仙台駅に降り会場に向かう私に、歩道橋の人混みごしにこちらに会釈した紳士がいた。ああY先生。お早うございます。彼はニターと笑い人混みに消えた。

その夜、研究会のうす暗い会場でスクリーンの症例を四、五〇人の参加者と共に討論をしていた。小生が発表を終え質疑応答に入ると、A先生が話の終わりに「こういう症例はY先生がかなり詳しかったのですがねえ」。私は「それでは明日にでもお会いしたらY先生にご意見をお聞きしてみます」と応じた。闇の中、クスクス笑いがあちこちにおこる。私はやや不審に思ったが、すぐに次の質疑応答に移った。やがて閉会してぞろぞろと会場を出るときにBさんが走り寄ってきて「黒川先生、Y先生は亡くなりました。数日前にお葬式が終わったばかりです。亡くなる二、三日前まで外来にでておられていたのですが急逝されました」。なんとその日に私は夢で彼に会っていた。

私と同年齢のY先生は、その一年ほど前にy県の地方会懇親会でワイン片手にいつもの満面笑顔で「いやいや黒川先生、駅前のホテルからこの会場まで僕は歩いてきましたよ」「一時間以上はかかるのじゃあないですかあ」「僕は実は一年ほど前に直腸癌で手術しました、肝転移もありますよ」「……」。

「足裏を刺激したらリンパ球が増えて免疫力がつく、という研究もあり、私は毎日最低でも一時間は歩いていますね」「ははあ、いいことを聞いて、僕も免疫を高めるべく散歩をこころがけましょう」といって表面は明るく別れたのが最後になったのか。

するとと今朝、駅で会ったのは誰であろうか。

私はこういう経験は一度や二度ではない。「霊媒、ユタというのが沖縄にいてなあ」と沖縄の友人が電話でため息をついている。「東北にも下北半島には口寄せ巫女としてのイタコがいるだろう。こちらではユタというのだ。昔から沖縄では医者半分、イタコ半分ということわざがある。結構な費用がかかるが医者より安いから。この不景気で医者よりユタにかかる人は多い。なにせ彼女らは単なる霊媒能力者でなく神と人間の間の介在者だからね」

妙な力のある（と思っている）私は霊媒をしようかとも考えた。ただ私の予感は既におこった死に関することばかりで、とても商売にはなるまい。

さて、今年はどんな初夢か。老齢のこの頃は一夜にみる夢は数が多く脈絡もない。眠りが浅くなっただけだろうけれども、老齢にたどり着いて得る数少ない利点かなとも思っている。


（二〇一二年）

日々是妄想

リゾートしらかみ

平成最後の正月明けの冬晴れ日の出来事である。

早朝に八郎潟駅に出向いた。この日が晴天であることは調べていた。正月明けの休日は、普段は田舎駅でもぽつぽつといる高校生や通勤客は一人も見えず構内はがらんとしていた。五能線にある青森県境に近いリゾート施設への往復切符を購入しようと自動券売機でJR東日本の大人の休日クラブのカードを差しこんで、ポンポンと表示枠の長方形を指定の通りに押したが何度やってもうまくいかない。大声で奥にいる筈の駅員を呼んだ。小柄でタレントの岡村に似た彼は「今のこの時期はリゾートしらかみに乗る人は少ないのですよ、冬は運休も多くてね」といかにも面倒くさそうに言いながら、券売機を操作した。これもなかなか手間取り、数度試していると突然、何か思い出したように柱のデジタル時計を振り返って「お客さん、ダメだ。切符の購入は乗車一時間前までの申し込みですよ。五分遅かった」と呻いたのである！

ではカードを使わずに現金で払うから、と返したら、それならばようがすよ、カードを使わないのならと、今では利用乗客相談にしか使わない窓口カウンターにもどり、業務用コンピューター画面をなにやら操作していたら、「だめだ！　全部機械で操作しているからカードでないと購入出来ませんよ」と冷たく突き放す。

　では直接に電車に乗り込んで中で払います。

「お客さんそれもダメだ。この時期は空席はあるだろうが、たてまえは全部指定席だから。建前上は立ち席は無いのです。あきらめてくださいよ」「でも、新幹線なんかタブレット端末で乗車可能でしょうが？」「新幹線とは違いますよ、お客さん、観光列車はね。この時期の五能線は吹雪で閉鎖になることも多いし、春から秋の観光シーズンと違いますよ。冬は利用者は少なくて本数も少なく、日によっては運転しない曜日もありますよ」。物好きな人だねえと定年前らしい駅員の目はありありとそう云っていた。呆れられるのも無理はないが。

「では正午過ぎにもう一本リゾートくまげら号とかがあるでしょう。それにします」と切り出した。冬の晴れ間の写真日和はそう多くない。「そうですかでは」と、駅員はまた窓口にすわったが「ダメだ！お客さん、この観光列車は冬季は限定日運転となりまして、あいにくと今日は運転はしていませんや」ときた。明日の天候予想は曇りときどき雪であった。「この時期五能線を利用する人は滅多にいませんから」の言葉を背にして退散、涙をのみ泣き泣き明日の乗車とした。

　五能線は秋田東能代駅から青森の川部駅まで、その間四三駅を経て前長一四七・二キロを走るＪＲ東日本が運営する鉄道である。かつては五所川原―能代間を運転していた。その日本海の海岸線からの美しい眺めは全国に知れ渡っている。私は一九九七年から運行されている観光列車「リゾートしらかみ」に何度か乗車した。しかしいずれも主に夏であり真冬は初めてであった。吹雪、強風、高波でしばしば運休、中止になることは承知していた。

冬の薄暗い夜明けに早起きして、乗車二時間前に駅に行くと昨日の駅員岡村は交代していて何故か寂しい心持ちがした。

広く暖かい客車内は広くて、しかしまばらだった。数少ないが通勤に利用する乗客がいた。ぽつぽつと席を埋めているのは東京あたりの県外からの乗客で、そのなかに一人テレビか映画で見たような美しく若い女性がいた。彼女は駅の看板表示板を停車ごとに撮影していたが途中の駅で降車していった。私の撮影は迂闊なことに最初からカメラには電池切れの表示がファインダーに点滅していた。あらゆる技術を駆使しライカの高級カメラを騙し騙しして十数枚を撮影したが、岩館付近で急に天候が悪くなり、リゾートしらかみ号が青森県に近づいた辺りでライカルミックスカメラは、その日しか撮影出来ない海岸光景をしっかり記録したとたんにパタンと力尽きて動かなくなった。

カメラをバッグにしまうと昨日から続いていた興奮と緊張が解けたのか眠くなった。

私は眠りに落ちる中で妄想が忍び込んだ。

妄想は疾風怒濤のごとく

昭和とはどんな眺めぞ花遍路　　　早坂　暁

故人となられたが脚本家の早坂暁さんの、句碑が瀬戸内海の鹿だけが住む島にある。早坂さんは終戦を海軍兵学校で終えた。

平成の三〇年間は一〇年に一度あるかどうかというような「想定外」の時代だった。平成元年は怒濤激変の天安門事件から始まり、ベルリンの壁が崩壊した冷戦終結から始まっている。国内では消費税が導入され、挙句に自民党参院選の大敗で自民党の単独政権が終わった。民主党政権は誕生したものの、その後の展開は周知のとおりである。年末の大納会は史上最高値をつけたが同時にそれはバブルの到来を意味していた。平成は未曾有のバブルとその崩壊、戦後の歴史的経済成長は仕上げとしてバブルを生んだ。作用反作用の法則は歴史にも適応できる。一九八〇年代にはジャパン・アズ・ナンバーワンと云われた時代は昔話で、土地神話は崩れ、銀行は不良債権処理に追われ、中小の金融機関は破綻した。

想定外は阪神大震災、東日本大震災だ。しかもこれには原発事故が絡み合って、自然災害対策と日本の原子力エネルギー対策を根本的に崩した。

問題は原子炉の核汚染物質廃棄で、巨大津波は原発事故を招き日本のエネルギー政策は吹き飛んだ。神、自然が人類の文明をあざ笑った時代だった。

恐怖の四巨人GAFA（ガーファ）

話頭を転じて世界を俯瞰してみよう。

現代は独裁政治の闊歩する時である。

米国大統領トランプが世に出てからポピュリズムという言葉が頻繁にマスコミでいわれる。大衆が社会の中枢にあり、数を力として民主主義が暴走し始めている。数が正義の時代だ。分断と対立、孤立、外国人、イスラムへの暴力と排斥、つまり他者と共存しようとする寛容さの姿勢が失われつつある時代に突入した。大衆は慢心した坊ちゃん――、つまりしたい放題のことをする民衆となった。我々は歴史に消えた死者の存在を考えてもいいのではないか。日本の民主主義はあの戦争の体験から根付いたといっていい。

平成の始まりは二一世紀に移行する年代で、世紀末から新世紀への移行は政治的には革命をもたらし、新たなテクノロジーを誕生させている。今回は情報通信の驚異的スピードの発達でGAFA（ガーファ）という巨人を誕生させた。この巨人は急速に発育をとげた。

誕生当時は名前さえろくに知られていなかったGAFAの時価総額は二〇一八年末で三〇〇兆円、日本のGDPの五割を越している。

一九九四年に驚くべき集中力と貪欲さをもつジェフ・ベゾスがシアトル空港近くの倉庫で開業したネットショップ、彼はこれをアマゾンと名付けた。アマゾンの語源はギリシャ神話に出てくる女性ばかりの部族で勇猛果敢、弓を引くのに右の乳房が邪魔で切り取ったと伝えられている。なんでこんな名前をつけたのかに諸説あるそうだが、彼は世界一長い川はアマゾン川と信じていたそうだ。実際はナイル川だが……。

しかし彼のショップは極めて長く曲がりくねった流通システムを、ITシステムで今のように完成させた。

発足当時はネットのWEBは弱くパワーも無かったが、彼はネットのもつ情報速度を存分に利用した。現在、彼の資産は世界第三位、いずれまもなく彼は一兆ドルという世界一の金持ちになるそうだ。貧乏医者の私にはその価値は想像だにできないが金というよりもう国家予算だね。一方、彼は世界中の本屋さんや音楽CDショップ、零細な食品会社を毎日消滅させている。

アマゾンはパソコン画面に美しくデスプレイされている商品の好きなものを数回のクリックで、早ければ翌日、おそくとも一週間で世界中のどこからでも利用者の玄関に、いわゆるラストワンマイルを運び商品が届くシステムを開発して、地上最大の店舗があっという間に出来上がった。このクリックも近い将来には音声認識になるだろう。「鏡よ鏡、おしえて頂戴」おとぎ話の魔法使いを現実にするだろう。今、運輸業者が担っている輸送もすぐにドローンが果たすだろう。

アップル、フェイスブック、グーグルについてはもう少し述べる。恐縮ですが少しお付き合いを。一九七七年にスティーブ・ジョブズはコンピュータの概念を一変させた。サンフランシスコの見本市で美しくエレガントなアップルⅡを展示した。以後はタッチスクリーン、アップルストア、ＭＰ３プレイヤーと更新を続け、アップルは全世界のスマホ市場の利益の約八〇パーセントを独占している。その手持ち資金はデンマークのＧＤＰとほぼおなじだ。

「近代科学により解き明かされた宇宙の壮大さに重きを置く現代人は過去の宗教の持つ因習的、伝説的、想像のみからは生まれない科学的な理論的産物に崇拝と畏敬の念を持つ」

カール・セーガンが予想した二一世紀の宗教の一つがグーグルだ。二〇世紀末誕生の神は我々に呼びかける。「さあ知りたいことをなんでもパーソナルコンピューターに打ち込みなさい。すぐに私たちが答えましょう」

数百数千冊の百科事典をしのぐ豊富な知識、あらゆる悩み事にグーグルの神は答える。

フェイスブックについては、世界中の人は毎日三五分をフェイスブックに費やす。インスタグラムを入れると五〇分。「いいねいいね」の神は二〇億人と関係を結んでいる。そのファンが三五億人いるといわれるサッカーはそれを獲得するのに一五〇年を要した。フェイスブックの利用者獲得は未曾有のスピードで達成された。人間同士のかかわりに人を幸せにする一方で、人々のプライバシーを丸裸にする恐ろしい巨人である。

巨人達が我々にもたらしたものはネット依存症やプライバシーの侵略という無慈悲極まりない悪魔でもある。

エピローグにかえて

ＧＡＦＡの話が予定を超えて長くなってしまった。私の目的はベルリンの壁崩壊から天安門事件に始まりトランプ大統領の出現をみた今日までを、つまり民主主義の崩壊と独裁体制の台頭をみている今日を読み解いて、私のもともと貧弱な、ぼろぼろとなってきた脳みそを駆動して、日本と世界の将来を予測しようと意図したが、いつの間にか紙幅はとうにつき、その目標は萎んだ。

平成の時代一九八〇年代にJAPAN as No.1と言われていて浮かれた時代は、同時に日本がインターネットという世界市場への参入に完全に出遅れた時代でもある。中国にさえも出し抜かれた。中国はインフラ整備に金のかかる固定電話に早々と見切りをつけて、デジタル技術開発とスマホ市場に参入し、世界的企業ファーウェイを国家的戦略で世界に送り出した。私の嘆きは止まらないので、これでひとまずこの問題は終える。

私は約三五年にわたり放射線治療医や外科医として末期がん患者と接していてつくづくと感じた。患者さんの奥さんやご子息は、私に縋りつくようにして「先生、なんとかならないでしょうかね」。私に医者というたんなる職業人以上の救済者を見ようとしている。現代の医者は単なる技術者に転落している、言い換えれば正当合理的地位を占めている。エジプトのファラオや卑弥呼は医術もつかさどり、イエスは死者をよみがえらせ病をいやした。医者は呪術師と同義語の時代があった。あるいは呪術師は医者も兼ねていた。

現代の遺伝子組み換え技術者は神である。現実にその技術で中国の若手研究者は簡単に双子を誕生させた。

医者の役割をＡＩが担う日は近くに来ている。ジュール・ヴェルヌやＨ・Ｇ・ウェルズが現代によみがえればどんな未来小説を書くのだろう。

最後に下手な一句を。

平成の最後の桜ちりぬるを

（二〇二〇年）

参考文献

スコット・ギャロウェイ『the four GAFA』渡会圭子訳、東洋経済新報社、二〇一八年。

忘 却

その日の朝

その日は朝から雲ひとつない五月晴れで、私はこの日夕べの同窓会を楽しみに心はウキウキしていたし、もう心は北日本の海岸沿いの町から、遠く南の高知の太平洋岸に飛んでいた。「ああ晴れた空、そよぐ風、我がフライトは秋田空港午前九時」なんて口ずさみながら、異常気象のカンカン照りが続いた庭の、隙間なく並べた鉢に留守中の水を、フォアグラのためにガチョウの喉元に無理やり餌を詰めこむようにやった。それを向かいの覗き婆さんが怪訝な顔で窓の奥から眺めていて、と、まあこんな書き出しでこの文章は始めたかったが、それを、神は許さなかった。

昨夜のテレビでは、西日本に豪雨と風害をもたらした季節外れの台風は東北の日本海に向かっているという、そのうえ……。

初夏の朝、まだ暗い刻、布団から這い出て数年ぶりの帰郷の荷造りにとりかかる。

窓を開けると鼠色の空からはぽつりぽつりの雨滴が、乾いた地面に斑点をつくり生暖かい風が吹き込んでくる。天はまもなく豪勢に水をこの地上にぶちまけるのだろう。まずは庭の鉢を寄せておこうと玄関先で長靴を履いていると、「地震です。地震です」とその内容には似合わない、まるで慌てた様子もない女の声が突然どこかからあたりに響いた。

私以外の生き物は誰も居ないガランとした社宅を声の方向に駆けあがった。寝室の枕元で「地震です。地震です」と携帯がロボット声を出している。旧式の携帯を開ける。メール着信。「決定」。「午前五時半に三陸沖でマグニチュード7の地震が発生しました」。眠気混じりのまなこをカッと見開いてホンマかと思う間もなく、ぐらりぐらりと家ごとに揺すぶられた。

「秋田空港は動いていています」。ネットで確認して数時間後に雨の激しくなってきた日本海ハイウェイを飛ばした。搭乗手続きを済まし待合に入ると、大阪からの飛行機が強風のため秋田空港には着陸できず上空を旋回していましたが変更して酒田に着陸します、との放送を聞いた。そんな神様のイヤガラセにたじろぐ私ではない。夕刻には高知空港あるいは龍馬空港に私は降りた。

今年は小学校から大学までの同窓会の予定が三件あった。その最初が国立高知高専電気科三期生の同窓会であった。同窓生と半世紀ぶりに会い、現在過去未来というような概念、回帰の意味、ノスタルジーの消滅を体験した。

半世紀前との遭遇

龍馬空港から車で約一〇分、太平洋に面する海岸の町で同窓生が経営しているホテルが会場だった。高知はもう夏で庭のフェニックスがナイフのような葉をおどろおどろしく燦めかせて南国の空を突き刺している。

同窓会のなにやかやは読者諸氏の体験と似たようなモノであろうから省略する。

彼らのほとんどとは半世紀ぶりの対面であった。にもかかわらず「やあ、しばらく」とかの歓喜の爆発や涙を流し合う感動はまるで、なかった。この四、五年間に全員が相互に画像を含め膨大な連絡通信をしていたので、昨日別れた友に今日また出会うような不思議な再会で、最新の通信技術の恩恵で懐旧、お久しぶり、「ご無沙汰でした」は消去されていた。幹事であり日立製作所の海外勤務で長く活躍していたA君と、これも幹事のNECで勤務していたB君とが定年退職の機会に共同で作成したグーグルの無料メール通信によって、我々は頻繁に数年前から会うことが出来た。

半世紀の流れは消去され、ごく自然に教室の席にまた着席するように会場の席におさまっていた。

会場の壁一面に映画館のポスターのように入学式から卒業式までの記念写真やレクレーション写真が拡大されて壁画となっていた。

私はグルリと三方の壁を辿ってそれらに見入った。

集合写真の中に見つけた人物は私ではなく、あの時代のK君の記録画像があるだけだった。もうまるで別人で、そこに不安と困惑に満ち満ちた彼がいた。よくよく眺めると不安げな表情を浮かべているのは全員だった。なにかに成りつつある不安、ゆえに大切な青春の記録が展示されていた。

酒が廻るとクーラーに冷えた室内に汗が立ちのぼり、同時代を生きた団塊の中に身をおき、彼らの体臭と吐息に時代の流れを感じた四時間半は素直に素朴に豊穣だった。

土佐の高知のはりまや橋

ホテル送迎バスから降り、夜のはりまや橋で私は皆と別れた。それから若江に電話を入れた。若江は同窓であるが「高専時代ははるか昔のこと、俺は道を間違えた。今は忙しくってノスタルジーなんかにはひたっておれるか」と出席しなかった「いごっそ」である。彼の行きつけの小料理屋に急いだ。

腰掛けるなり、彼が「じゃあ」というとウツボのタタキがでてきた。離婚後に料理上手をいかして店を始めたという三〇過ぎの女将は、目の前でニロギの干物を小さなカンテキで炙り始めた。彼女と若江の関係を想像しながらまずビールで乾杯した。次にハランボがきた。ハランボは、今はこういう所でないと食えなくなった。ハランボは鰹をおろすときに出る脂ののった腹部の三角形の皮部分である。安くて昔はどこでも口に入った。一夜干しにしたものを炙るとビールにあう。

一時間ほどして「この秋にも帰ってくるから、その時にはウルカと秋鮎を楽しみにしているよ」と立つと「秋田に酒盗を送りますからね」と答えてくれた。私達は屋台に寄った。屋台がまだ高知にはたくさん残っている。

そして、つかの間というには長くて、とこしえにと表現するには短い時間が終わった。北の日本海海岸で始まった一日が太平洋で消えた。

青春それは短いがゆえに

夜が明けて一日が始まるのはどこでも、私にも同じだ。

翌朝の高知空港では陽は絶えず豪勢に五月の光を地上に棄てていた。

午後三時、帰宅してパソコンを開けた。同窓会幹事の岩川氏より二、三百枚の写真がメールに添付されて送られていた。翌日に同窓生の坂本氏からも二〇〇枚ちかい写真が届いた。それから一週間の間に一〇人にちかい同窓生から大量の画像、動画がピカソ、グーグル、ユーチューブなどを介して送られてきた。写真は一〇枚程度から二、三百枚程度だが、ビデオ画像まである。到底、一生かけても全部は見られない。二週目に入っても情報の洪水はやまず、何とかしてくれと私は共通のメールに書いた。解決策とその解答がすぐにきた。西岡君から以下のメールが着信した。

5／13 同窓会にて放映した動画及び当日撮影した写真を下記 HPに一括掲載しましたので、連絡します。

ご家族の皆様と一緒に閲覧し楽しんで頂きたいと思います。

ホームページサイト（これは個人情報なので省略 筆者）

〈HPへの写真掲載経過〉

・写真提供（5／20時点）：坂本、岩河、間島、佐竹、武市

・動画提供：和田、西岡

・活用システム

ホームページ：Google サイト

写真・動画：YouTube、Google ＋

・ＨＰ運用は、下記メンバーの協力を得て検討・評価を行いました
岩河、和田、間島、弘内、佐竹、武市、坂本、伊野部、川口、山崎、西岡

尚、引き続き「簡単に写真掲載と情報交換ができる」システムを目指して、和田、西岡を中心に改善を進める予定ですので、同窓会メンバーの皆様の協力をお願いします。

西岡

私は四時間半の同窓会から半世紀前の学生時代の記録までも生き生きと記録され、ごく短時間に送られてきたことに感嘆し驚喜した。しかし数十分ほどそれらの画像に見入る内に次第に私に失望がきた。最後には西岡君その他の同窓生に憎しみさえ覚えた。

彼らは私から imagination の楽しみを、ノスタルジー、郷愁を奪ったのだ。

あの時間は記録されなかったら私の心に刻まれただろう。

すぐに新しいものがきてあっというまに古くなる。古いものは棄てられる。

忘却とは忘れ去ることなり

昔といっていい時代になったが、戦後に、この章の冒頭に挙げたような台詞がはいるＮＨＫの大人気ラジオ番組があり、四国の山村でも女湯は夕刻ガラガラになった。当時四、五歳の私に、何度となくラジオから、女のため息のようなこの声を屋内であるいは道路上ですら耳にした。「忘却とは忘れ去ることなり。

忘れえずして……」と続く朗読には、はあ、そういうことか、と幼稚園児は納得して半世紀以上が経過し老人になった。今、爆発的に発達した記録媒体が世界に伝染、蔓延している現代、忘却は亡くなった。「君の名は」脚本担当の菊田一夫氏が生きていたら何というか。きっとこう言うに違いない、もうとりかえすすべもない、と。

（二〇一五年）

私の令和元年

消費税率引き上げ

消費税が一〇月から引き上げられ、その切り替え時期にレジスターが足りないとか、購入したばかりの新レジスターが誤算したとかの問題で、マスコミが賑わっていた。本の整理や処分の作業中に出てきた寺田寅彦の文章を目にした。

寺田寅彦、「天災は忘れたころにやってくる」の名言の人で知られている。なかなかに馴染みと深みのある金言である。それは別にして、冒頭にあげた問題と関連した彼の随筆を以下に引用する。

ある大きな映画劇場の入場料を五〇銭均一にしたら急に入場者が増加して結局総収入が増すことになったというううわさがある。事実はどうだか知らない。しかし「五〇銭きんいつ」という言葉には何かしら現代の一般民衆に親しみと気楽さをふきこむものがあるのではないかという気がする。

難しい経済学上の理論などはわからないが、あの五〇銭銀貨一枚を財布からつまみ出して切符売り場の大理石の板の上へぱちりと音を立てるとすぐに切符が眼前に出現するところに一種のさわやかさがある。これが四七銭均一でいちいち三銭のお釣りをもらうのだったらどういうことになるか。相手がドイツ人かあるいは勘定の細かい地方の商売人だったらどういうことになるかわからないが、東京の学生のような観客層に対してはこの五十銭均一のほうが経済観念を超越した吸引力をもっていそうな気がする。こんなことを考えていた時に偶然友人の経済学者に合ったので、五〇銭銀貨の代わりに四七銭銀貨を作って流通させたら日本の経済にどういう変化が起こるかという愚問を発してみた。

これに対する経済学者の詳細な説明を聞いたときは、一応わかったような気がしたが、それっきりきれいに忘れてしまった。今までに随分いろいろむつかしいことも教わったが、銭というものほど意味のわかりにくいものに出会ったためしはないようである。（昭和一〇年五月『渋柿』岩波文庫より）

話を戻すと今回の消費税率引き上げは、さきの均一問題よりもさらに複雑でハンバーガーや牛丼などの食品を店内で食すれば消費税は一〇％だが、お持ち帰りは八％と安くなる。これは消費者側に立つと抜け穴も多くて、飲食サービス業界からの不満が政府の税制改革にたいして続出しているそうである。そして今年もノーベル賞が発表されたが私はこの経済学賞、いや経済学という学問がわからない。私の頭が悪いに決まっているが……。

天皇即位正殿の儀

今年は天皇陛下の即位礼正殿の儀が一〇月に国事行為として皇居で行われ、玉座「高御座（たかみくら）」に立った陛下から誓いの言葉が述べられた。

まちがいなく令和元年は歴史の節目である。

そこで、またもや引用ばかりで恐縮だが日本民俗学の権威、柳田先生の歴史観を引用する。


以前も世の中の変わり目というに、誰でも気がつくような時代は何度かあった。もともと歴史は過ぎ去った過去を求め、それら昔の跡をたずね、これらを記憶するというだけではなくて、それと眼前の新しい現象との繋がるすじみちを見極める任務があることに気づいていた人は昔から多くいた。ただ、百年や千年前の都の人々のこころ持ちはおかしいほどに悠長であった。


しかし現代の世相は遥かに世界が狭くgloval になり時間の流れ、マスコミの伝播は早くて、その流れのあちこちに渦巻きが発生して複雑である。現代によみがえれば柳田先生もさらに嘆息するであろう。

我々庶民の前に現れては消えてゆく事実を記憶することにより、歴史が分かるのかどうかは知らないが、私は歴史的一日を生きる余裕はないな。そんなことを考えているうちに明日の太陽は昇り地球大自然の朝が明けてゆく。

令和元（二〇一九）年の秋は台風一五号、一九号とその後の集中豪雨が続き、関東、東北は大災害にみまわれ、民家、農家に大打撃を与えて北陸新幹線では大雨の影響で浸水した九六車両を、またＪＲ西日本も浸水した二四車両を廃車にした。

ラグビーの世界選手権も数度雨で中止になったが、日本全国の競技会場のみならずPublic view も含めて多くの日本人がOne Team になった年でもある。私もにわかファンになった。四年に一度でなく正直、一生に一度と思って観戦した。でも数年後か数十年後かわからないが、もう一度日本のトライをみたいものだ、未練は残している。

来年こそ後悔などあろう筈の無い年にしたいと心の底ではいつも思って、朝日に手を合わせるのだが……恥ずかしい。

（二〇一九年）

参考文献

柳田國男『明治大正史　世相篇』講談社学術文庫、二〇〇八年第二二刷

瞬間の夏

時計の針が前に進むと「時間」になります。あとに進むと「思い出」になります。寺山修司作『思い出さないで』から。

夏の航跡

今の今まで、私はこうなろうとは夢にも思わなかった。でも、私はとうとう七月一七日の土曜日の朝も、やはりここ大潟村漕艇場の岸にきている。二、三日前まではこの川面に冷たく重い霧雨が、練習に余念なくオールを漕ぐ彼ら、デンマークオリンピックボートチームを濡らしていた。

その梅雨も終わり、途端に強烈な夏の日差しが水面をギラギラと反射させ、時折、恵みの涼しい風が川から吹き上げてくる。漕艇場はもともと村の用水路、排水路だったのだが、昭和五九年に秋田県全国高校総体の時に、ボート競技のために整備された。両岸にはびっしりと夏草が茂り、その向こうには大分背の高く黄色くなった稲穂が風にそよいでいる。

国道と交差している漕艇場の上流では選手たちのボートや、彼らにぴったりと伴走するコーチのモーターボートが時にのんびりと、時にあわただしく白い航跡をたてて行き来している。

北欧からオリンピック事前合宿のためにこの村に来た彼等は、日本の夏の蒸し暑さと強い太陽光を浴びた、そのひと月におよぶ練習を今日の昼前には終え、明日の午前には村を去り、いよいよ空路で東京選手村に向かう。結局、彼らはホテルサンルーラル大潟と漕艇場の往復だけで日程を終えた。今になると、いや、これまでも含めて、彼らも大潟村関係者もコロナ感染対策への配慮はいかに大変だったかと、思いが偲ばれてわが脳裏を走る。

コロナの夏とオリンピック

六月二〇日の日曜日深夜に彼ら一四人が秋田県の大潟村入りをして、七月一八日まで事前合宿するという報道をテレビで知り、六月二二日火曜日の夕刻ふと立ち寄った私は、その日は集まった村や秋田市からの十数人の見学者同様に全く彼らを見ることはできなかった。宿泊先のホテルに電話したが「彼らはホテルを出発しました。漕艇場観覧席に入れば現れます」という答えだった。川面には水鳥・羽いない。まあ、その悔しさ……それがきっかけで結局ほぼ毎日、夕刻にはここに通い詰めた。

コロナがまん延する中の極めて特異な応援……それを応援団と表現するのも疑問に感じられる。村内にはデンマーク歓迎ののぼりがあちこちに見られたが、川岸での、村や秋田市からの見物人とチームのメンバーとはまことに静かな交流で、時折ボートからコーチが手を振り、こちらからも手を振る程度であった。

観覧席の立て札には「応援は拍手や手拍子、旗で大声や会話はお控えください。練習時間は九時～一二時、一六時～一九時を予定していますが変更になる場合もありますし、トレーニング内容によっては水上練習がない場合もあります」とあった。結果として選手の練習を全く見ることなく去った方も多かった。

指呼の距離にいながら声を交わすことは皆無であった。事実たまたま私が現像したばかりの数枚の写真を観覧席の皆さんに示すと、ああやはり本当に来ているのですね、とたまげたようにしげしげと写真に見入る人たちも少なくなかった。

祭りの準備の高揚感には程遠かったし、また金メダルを賭けた戦い前の緊張感も当初は感じず、万事は桃源郷であった。

このひと月の間に見慣れたこの光景。しかしその最後の日の朝は一つだけ違っていた。

ホテルのロビーにて

「いやあ、お祭しの通りです。毎日、八時半過ぎには彼らはホテルを出ます。私も毎朝見送りました。正午過ぎに昼食に帰られて、早い方は三時、その他の方は四時には午後の練習に向かいます。

到着した翌日の朝はコーチと選手達の三名だけが記者会見して、残りのメンバーはすぐに漕艇場の室内練習場にまず向かい、その後は川に出てボート練習していましたよ。練習プランはコーチが選手一人一人の調子をみて、毎日各自の内容が変わりますので私達にもわかりませんでしたよ。室内練習場だけのこともあるし半日休みのこともあるし……」

ほぼ毎日、練習場の川岸に車をとめてひたすら彼らを待ち望んでも、一瞬たりとも出会うことなく、私は空振りの時間が多かった。

秋風の吹く九月初旬に、支配人と私がホテルの広間で持参したパネル写真を挟んで、後日に伺った話を書く。

「日本に到着した選手団は群馬県のソフトボールチームが最初で、紛争のために来日が早まった二番のウガンダ選手団に続いてデンマークオリンピックボートチームは三番目です。当ホテルにも内閣府からも大勢来られてコロナ対策を確認していきました。

　宿泊する階の二フロアと屋上の食事会場の三フロアを貸し切りとしましたし、ご覧のとおり出入り口も通常のホテル利用者は勿論、職員とは別にしました。ＰＣＲ検査も毎日やりましたし、観光はおろか、ホテルから練習場までの往復のみで買い物は私たちが代行しました」

秋田県ボートのレジェンド

　合宿が第三週目に入る頃の金曜日、いつもの時刻、午後四時をとっくにまわった頃に、私は漕艇場の川岸に車を止めた。そのとたんにバサバサと一羽のキジが足の間から道路に飛び出て、川岸の夏草に消えた。

　小雨降る駐車場には黒塗りのセダンが一台のみ、人影は見あたらない。それでも、私は習性になったのか車から降りて、小糠雨に濡れつつ岸辺で一人川面をしばし見つめていた。背後から声が、「今、関係者に確かめましたが今日の練習は中止ですよ。あなたは雨の中を応援に来てくれたのですね。ありがとう」

見かけのわりに声の若いしゃっきりした姿の老年の紳士がニコニコして立っていた。

　私は思いがけなくも、秋田県ボート協会理事長だった伊藤さんに偶然に出会った。伊藤さんは川面を指さしながら、

「日本からもこれに参加しますよ。シングルスカルは荒川龍太君で入賞を願っていますがね。ああデンマークの彼は金メダル候補ですよ。でもギリシャやクロアチアも強い。欧米人は日本人とくらべて、平均

的なデーターですがオールのひとかきでそれだけで日本人とは約五センチの差がつきます。競漕は二千メートルですよ。勝敗は写真判定のコンマ数秒の世界なのですよ。日本人も体格は良くなりましが、まるで骨格が違いますよ。特に太ももなんか日本人の胴位の太さでね。私も東京オリンピックからメキシコ、ミュンヘンまでボート競技に三回も出してもらいましたが、彼らと握手する時にはびっくりしましたよ。日本人の握手はこうでしょ」

とみなれた握手の手つきをだし、ついで「彼らはこうですよ」と鷲の爪のような拳をつき出した。

「デンマークは人口五六〇万人の小さい国ですので、日本と違いオリンピック選手団はよほど限られたしぼったメンバーを送ってきます。ここにいる人たちはみんなメダル候補ですよ。ゆっくり漕いでいる割にはすごく速いって、そうです。ゆっくりというより大きく漕ぐことが大事なことです。もちろん飛沫はあげたら時間はロスします」

選手のプロフィールのことが観覧席わきの立て札に貼られていた。なるほど、川岸に掲示されたボードには二〇一九年、その他の世界選手権でいずれも彼らは好成績を挙げている。男子シングルスカルのニールセン氏は銀メダル、女子舵なしフォアは銅メダル、女子のペアはエリクセンが銀メダル、ラムスセンは二〇一六年に銅メダル。男子ペアの世界選手権実績は四位だ。

「今日は来てくれてありがとう」と、伊藤さんはニコニコして歩み去った。この漕艇場の設計にも大潟村と深くかかわっていたことを後に知った。

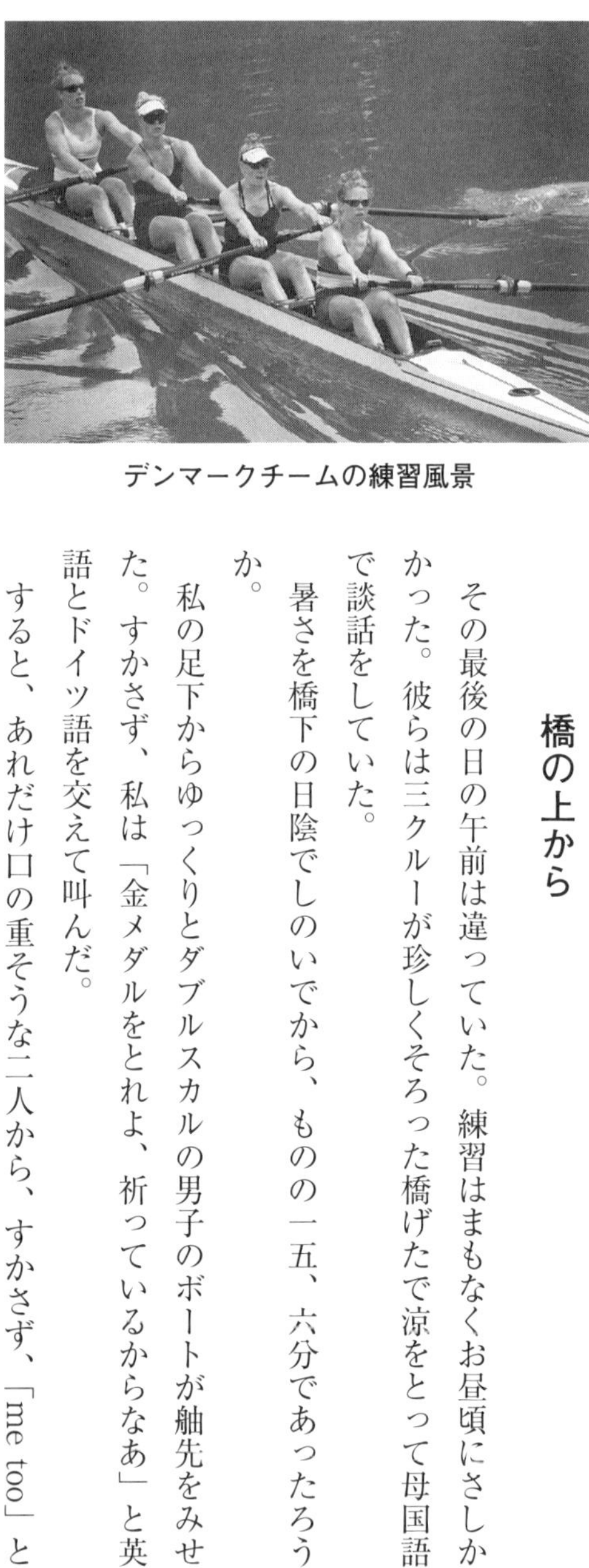
デンマークチームの練習風景

橋の上から

その最後の日の午前は違っていた。練習はまもなくお昼頃にさしかかった。彼らは三クルーが珍しくそろった橋げたで涼をとって母国語で談話をしていた。

暑さを橋下の日陰でしのいでから、ものの一五、六分であったろうか。

私の足下からゆっくりとダブルスカルの男子のボートが舳先をみせた。すかさず、私は「金メダルをとれよ、祈っているからなあ」と英語とドイツ語を交えて叫んだ。

すると、あれだけ口の重そうな二人から、すかさず、「me too」と太い声が前を見つめたまま返ってきた。彼らは今回の東京オリンピックは、金メダルは逃したものの銅メダルを手にした。

真夏の太陽が入道雲をおしのけて真上に来る頃、初めてその光景に出会った。最後の日の正午ちかく、観覧席のスタート地点で彼らのボートがコーチも含めて一列に整列したまま停止しているではないか。

無言の別れを告げている彼らと無言の川岸の応援団。私はついついたまらずに叫んだ。

「Goodbye!　さようならあああああ　I hope you get the goldmedals Good luck!!」

すると一斉に女子の舵なしフォアはボートから立ち上がらんばかりの態で、白鳥の羽ばたきのように一斉に手を振り返してくれたのだ。

幕が上がって

七月二三日金曜日がきた。今夜は東京オリンピック二〇二〇の開会式。伊藤さんのおっしゃったとおり、その式に先立ってボート競技が朝から開始されていた。

彼らが大潟村を去って五日目、秋田は朝からうす曇り、気温は最高温度摂氏三三度が三種町では予想されていた。

東京では男子シングルスカルのニールセンさんが出場する。彼は一見どこか日本の侍(さむらい)風の雰囲気をもつ、すらりとした大男で身長は一九三センチ。二七歳だがボート競技歴は一四年で、二〇一九年の世界選手権は銀メダルを獲得している。その朝インターネットをあけると彼の過去の最高記録は7分54秒08だがギリシャやノルウェーの選手には六分台の記録を持つものも二人あり。ノルウェーのボルク選手は6分54秒46と出場予定の中では一番早いようである。

結論を先に云うと金メダル有力候補の彼は惜しくも四位に終わった。写真判定のきわどい勝負で、全力は出し切ったのだと思う。

伊藤さんの予想していたように金メダルはギリシャ、銀メダルがノルウェーで銅メダルがクロアチアであった。

目の前の船と空と雲と

私は一九六四年の東京オリンピックは高知高専の一年生で当時は四国の田舎ではまだ少なかったテレビで観戦した。今回の東京オリンピックはまるで違う光景となった。そのこととは別に、オリンピックに出場する世界最高レベル選手達の直前練習に興味があった。それは私の予想とかなり違ったものだった。当初は頻繁にボートを止めてのコーチと選手の discussion がほとんどで、かったるい練習だなと思ってみていたが、一週間、二週間と過ぎるうちに、これはすごい猛練習だと思いはじめた。夏の熱光を終日浴びて、水上とはいいながら蒸し暑さの中を、時折コーチと大声でやり合う彼等。次第に走行距離は伸びスピードも日ごとに増していった。

結局彼らはホテルと漕艇場の往復のみで、観光は一切せずに過ごした。ホテル内の移動も極めて限られる中で、チーム一同の忍耐力・精神力に感じ入るのだった。

パンデミックの状況下で黙々と練習をこなす彼等。オリンピック中止もありえて、消えるかしれない明りにひたすらに進んでゆく彼ら。それに日ごとに私は惹き付けられていった。それは他の三人も同様だったと思う。ほぼ毎日顔を合わせていた、暇でもの好き三人は漕艇場近所の住人だという八〇過ぎの老人二人と、五〇代で、常に望遠レンズ付きのカメラと双眼鏡、ラジオ、小説一冊を携えてくる中肉中背の中年男のX氏。

「選手九人とコーチが女子を含めて三人、事務系の一人、それに女性の栄養士が本国から同行しているようだね」とか、彼らが見えない時は時間つぶしに小説をひろげて、時折、双眼鏡で彼らが室内練習場に到着したボートを担いで船着き場に降りているとか、様々な情報はX氏からもらった。

エピローグ

私は今年のひと夏の瞬間をカメラに閉じ込めた。人は毎日繰り返される日常からときに遊離して虚構の世界に入る。この新型コロナ感染対策という世界的パンデミックに振り回された東京オリンピック二〇二〇という世界最大のパーティ。その世間とは無縁のように日本最大の干拓地である大潟村、しかも日本で新型コロナ感染率最低の地でもある。その田園風景の川面で静かに彼等がボートを漕いでいる。

スピードと時間の節約は現代人の渇望であり、無意味な時間を過ごしている私には無用だ。

そう思いながらも古希を越してもなお、残る人生花吹雪が心底に沈殿している自分にとり、川上の光景はモネや北斎であった。

北欧から遠く離れた異郷で、蒸し暑い日本の夏の川面を行き来する彼ら、一心不乱に水面を漕ぐ非日常で濃密な時間。その空間と時間は競争とは別の世界に思えた。

劇は半分しか作ることが出来ない。あと半分は観客のものだ。

彼らと数メートルの距離でシャッターをきり、瞬間を永遠にしたがそれでどうということもない。彼らはメダルをかけ、川岸を埋めた我々観客もまた何かを願い、心を埋めた。秋風のたつ今、大潟村のホテルのコーナーに飾られている自分のパネル写真をみて、一人、今では追憶になった夏の思い出に浸っている。

（二〇二一年）

以下はご参考に。

男子・シングルスカル

•スウェリ・ニールセン

27歳　身長193㎝競技歴14年

2019年の世界選手権は銀メダル。

今回の東京オリンピックは4位。

男子・ボート　ペア

•ヨアキム・サトン

25歳　身長201㎝　競技歴11年

2017年の世界選手権は5位。

•フレデリック・ウィスタベル

27歳　身長197㎝　競技歴11年

2019年の世界選手権は4位。今回の東京オリンピックは銅メダル。

女子・ペア

•フィエウビ・エリクセン

身長183㎝　競技歴25年

2012年のロンドンオリンピックは銀メダル。

・ヘドヴィク・ラスムセン
身長１８７㎝　競技歴11年
２０１６年のリオのオリンピックは銅メダル。
今回の東京オリンピックは８位

女子・舵なしフォア

・クリスティナ・ヨハンセン
身長１８４㎝

・フリーダ・ニールセン
身長１７８㎝　競技歴11年
２０１９年の世界選手権は銅メダル。

・トリネデール・ペーダーセン
身長１８１㎝　競技歴７年
２０１９年のヨーロッパ選手権は４位。趣味はデザート造り。

・イーダ・ヤコブセン
身長１７４㎝　競技歴１１年
２０１９年の世界選手権は銅メダル。今回の東京オリンピックは８位。

Ⅱ　自伝的散策

ある総理の仁淀川訪問 ―リア王の遍路―

老犬が突然、立ち止まり四肢を踏ん張りこま犬のように動かなくなった。大仙市はもう既に夏日であり、二一歳の老柴犬は朝の散歩にも五〇メートルほど歩かせるともうと舌を出す。異常気象だろう。この六月の下旬には台風が続けざまに日本に上陸した。特に四国、九州は記録破りの豪雨である。そんな夜に高知の親類に電話した。「もう、一ヵ月ほどは太陽を見たことがないぜよ、まあなんとか洪水にはならずに済んじょる。最近、面白い来客があったぞね」と叔母の声が弾んだ。

叔母が経営している民宿兼料理屋は四国山脈の仁淀川源流に面して建てられている。故に台風の度に水位を心配せねばならぬ歴史も負わされた。仁淀川は今年（二〇一二年）、四万十川に代わり日本一の清流に認定された。木造の二階座敷からは土佐の赤石が流れを通して水底にその暗赤色が透かしていた。川向こうは広葉樹が生い茂り、六月にはもう蝉の声が落ちてくる。巨大なブナの大木の枝は川面に伸びて、その下には深い底の見えない淵がある。その水面に時折、魚がジャンプしては遠心状に波紋を創造してゆく。

ある日の夕刻に数人の男達がその光景を肴にしてやや遅い夕食を摂っていた。上流からの川風に日焼けした顔を冷やしている一人の男、ここではKさんとしておく。Kさんが冷やしていたのは顔ばかりではない。その心身全体をこの四国山中に浄化したい、祈りのような心情が夕闇に溶け込んでゆく。Kさんは昨年、この国の第九四代内閣総理大臣の職にあった。震災後に辞任要求の声が高まり現在のN内閣が誕生し、Kさんは消去された。

そして、Kさんはここ数年、訪れていた四国八十八ヵ所霊場巡りの縁で全国森林環境保護関連の会長であり、騒然とする国会からシフトして来高していた。

江戸時代頃から庶民の間で巡礼が流行した。四国八十八ヵ所は巡礼とは呼ばず、お遍路さん、と呼ぶ、その全長は一二〇〇から一四〇〇キロ、徒歩で通し打ちするなら約四〇日間の行程である。

江戸時代には既に『四国遍路道指南』が書かれている。まず、一～二三番霊場のある阿波徳島で発心しての道場巡り、二四～三九番ある土佐で心落ち着けて修行を、四〇～六五番ある伊予では菩提に入り、六六～八八番の讃岐では所願成就の涅槃に至る道場、そして高野山奥の院参拝で大願成就するとされる。

平成の現在は年間三〇万人のお遍路が四国を巡る、歩き遍路が約五〇〇〇人でKさんもその一人である。

筆者の幼少時、昭和三〇年代までは交通事情が悪かった。手軽な旅でなく、その姿も何時、何処で斃れても弘法様―御大師様の許にいけるようにとの死に装束姿。背に背負った「同行二人」の黒々とした文字は恐ろしい呪文の絵柄にも思えた。

子供心にも彼らの多くには単にお遍路さん、という親しみの言葉にもかかわらず、なにかしら、悲痛な哀しい願掛け、死者への霊安、取り返せぬ贖罪、等々の薄気味悪さを伴う不幸が感じられた。私はある時、その一群に近所の人が「あれは近づかれん、らい病らしいきに」と吐き捨てた忠告まがいの言葉をありありと覚えている。しかし、私は世捨て人のような人々の背に、同時に興味も持ち、春先から夏はその門付け姿を垣間見るや走って家に帰り、一握りの米や蜜柑を握りしめて心待ちにした。

　Kさんはその日の午後には、民主党員Oの応援演説のために来高していた。小泉政権以来の世論の揺れ幅の激しさを乞われるままに演説した後、すぐにSPと共に防護付きのワン・ボックス車に乗り込むや、四国山脈に向かい三三号線を走らせた。

　予定の午後七時にはSP三名、秘書、紹介役のBさんとで山間の料亭についた。風呂上がりで十畳敷ほどの日本間に座る。Kさんは眼下の清流を無数の揚羽蝶やオオムラサキが舞うのを見たときにやっと俗を離れた心持ちになった。

　Bさんから「Kさんは普段から上手いもんをどっさり、食べちょる方じゃきに肉類はいらん、山菜料理だけで十分じゃろう」と、女将は言い含められていた。しかし、土佐に来たからにはこれは食べてもらわねば、と彼女は塩タタキ料理をおすましと同時にまず並べた。そして山ウド、オクラの胡麻和え、ゼンマイ、イタドリ—これは一度塩漬けにして水抜きした物でバリパリとして美味である。タイモの煮転がし、こんにゃくのしろあえ、野菜のてんぷら、釣れたばかりのアマゴ、と続いた。仁淀川ブルーのレッテルの貼られた地元の酒を舌でころがしていると、「ああ、聞こえてくるのは仏法僧です。Kさんはお遍路されているそうで、お迎えに啼いているのですろう。七月になりますと川向こうで蛍の点滅が綺麗にみえますぞね、ここらは源氏ボタルで、奥の上流になりますと平家蛍もいますが」と女将が返杯しながら告げた。

「ああ、この奥の椿山は昔から平家の落人伝説でも有名で、土佐には珍しく色白の美人も多い。その当時の鎧を保存している家もあります」とBさんが続けた。

　KさんはBさんも予想外の健啖家であった。出された料理を美味い、美味いを連発してあっという間に平らげて、予定外に肉料理も所望した。

慌てた女将、板前の息子の機転ですかさずに焼いたステーキ、これも素早く堪能した。「明日二一日の金環食は高知では金環日食の開始が午前六時一五分、食の終わりが八時四九分になっちょります、丁度、出発時の丁度いい時間帯でありますろう」とBさんが眼前に切りたった崖のような、山の端の月を顎でしゃくった。女将が、右手の橋を指さして「昔はこの時分はあの山麓の橋をよくお遍路が次々と渡るのをみたものです。最近はもう、さっぱり、その代わりに明日の金環日食には大勢の人があの橋上で観測するでしょうが」。まだ初夏の明るさの残る橋の上に数人の影が見えた。女将はそこから川面を渡り聞こえた声の一つが、かすかに耳に入り心臓が止まるほどに驚いた。「どれがKさん、なんぜよ」確かにそう聞こえた。お忍びの極秘の筈で、この町ではBさんと警察と店の者しか知らない筈であった。冷や汗のにじんできた女将をよそに、横から、腹を満たしたBさんとKさんが「それじゃあ何処で記念写真とりましょうか」と女将を促した。

玄関に浴衣姿で立ち上がるKさんは気さくでにこやかな人であった。

女将の心配をよそに何事もなく、翌朝の午前七時三五分に準備よく携えてきた観測用オペラグラスで素晴らしい金環食を眺めた後に、Kさん一行は上機嫌で車に乗り込み、この四国山脈の谷間を去った。

元総理は一週間後には東京電力福島第一原発事故調査委員会での参考人聴取をうけることになる。金環食のようなものだったかな、とKさんは感慨を深め、記憶を遡っていた。

今日、七月二日に民主党を分裂させる消費税の法案が通過した。Kさんはかつて党幹部職にありながら反対にまわったH議員のとなりで、昨年より深くなった額のしわを寄せたまま、深い眠りに落ちていた。

全国に放映されていたその姿を見て、前宰相はどんな夢をみていたのだろうか、と私は思う。

人類は神々の機嫌を損ねた。大津波が千年に一度おこる、という周期説は繰り返し紹介され、地震の専門家も、汚染、汚染といいたがる。

過去の反省は現在の雇用や電力不足の今日や明日の不安解消の前には無力で、日本は予定どおりに肝心の深い穴を素通りしようとしている。

現代人は落ち着き無く人生を快適にする全てのものを追求し、完璧さを求めて、あたかも万年を人類が生きるように行動する。人間には人間的な出来事しか起こりえない。宇宙の源流は一つで万物を流転させ、努力次第でいずれわかるという曖昧な物は含んでいない。節電と再起動の夏がくる。

八月は今年も日本は政治の季節である。


（二〇一一年）

一炊の夢

或る夏の夜に

ある夏の日の夕刻、私は月例の医師会の席に座っていた。

半年ほど前に、昔の椎間板ヘルニアがぶり返してしまい腰痛をこらえていたのだが、幸いにもいつものように会はトントンと進み、あとは懇親会に移ることになっていた。私は喉を潤す生ビールの琥珀色の冷たさを想像していた。

ところが、それがだよ……それがなんということじゃろうか……。

イケメンのT先生が会の最後にすっくと立ちあがり、颯爽と来年の正月明けに発行される横手市医談会誌の締め切りやら、何やらを流暢に、しかし、ながながと記載変更点を報告しはじめた。それはいい、それはまあいい。まあいいとしよう。

しかし、「来年の医談会誌第三八号の企画テーマは、『もしも私が医師ではなかったら』というテーマとすることを編集委員会で決定しました」と、宣わったではないか。なぬーと私はその時、蒼白顔になっていたに違いない。

私はすでに私なりに半年間にわたり考え抜いたテーマを構想しており、後はパソコンに向かうだけになっていたので、突然ガツンとパンチを食らった気がした。

聴き間違いではないかとテーマを隣のA先生に確かめてやはりと落胆した。冗談ではない。ホント冗談では……。

私は最近、特に定年を越し四〇年間近くの勤務医を止めて、高齢者の仲間入りをしてからは医者くらい素敵な商売はないと思っている。医者以外の職業など今は想像できない！

小、中学校では卒業が迫る頃に生徒によく教師が「将来の夢」という作文の題をだす。

これは春秋に富んだ少年少女達に提示する主題である。そんなテーマを私も小学生の時に出されたことがあった。その時の私は、次の言葉をのみ込むのに必死であった。「先生は何になりたかったですか」と。

また、今朝ポストに入れてあったY市公報で「未来のY市はこうなってほしい」という成人式の特集があった。

しかし大多数が高齢者となりつつある当医師会の会員には、未来への志向より復古、懐旧しか残されていないのかもしれない。

その結果として、随筆のテーマもこうなったのだろうね、と思う。

素直に受け止めて、よっしゃ、ボケ防止にはいい機会だ。想像の羽を拡げるとするか。

僕の人生仮免許

幼児から小学低学年の頃までは超人的存在、正義と力の象徴といえる架空の存在を夢想していた。後にはこれに女にモテるという要素が入る。

魁傑黒頭巾、大魔神、船乗りシンドバッド。女スパイのマタハリ。鴎のジョナサン。ラドン、鉄人28号等々。冒険家、宇宙飛行士、タイムマシンに乗り恐竜を見に行く、祖先に、いや楊貴妃とかクレオパトラに会いに行くとか……。

中学生の頃だとやや現実的になり、ジェームズ・ボンド。これは職業とはいいがたいかもな、ならば英国情報省職員類似の職業、に近い外務省に入りたいと思っていた。国家により経済的、社会的地位は確保されていて、恋あり冒険あり、と男らしい職業ではないか。金や装備は税金で保障されていて生活苦とは遠く、強く、女にモテて……いや待てここは現実には無理じゃないか、いろいろと??、とわが身と引き比べてみても、ああモテていては仕事など……現実的では到底ない……。

少し横道にそれるが俯瞰的にみてみるとやはり「IF」、「れば、たら」は永遠のテーマでもある。

もし、テーマが「医師以外の職業は何になりたかったか」と疑問形であるなら話は簡単、答えも単純明快である。しかし「……なかったら（どうなっていたか）」と、やはりイフの仮定形である、などと考えていたら「ビールでいいですか」と秋田美人が、いつの間にか私が手にしたコップに泡を注いでいる。琥珀色の中に私は深い酔いに落ちる。

酔いのなか私は脳髄に絵描いてみる。それが空想なのやら実話かは読者の判断に任せるとして……。

ビールは清酒となり、焼酎となり、ワインとなり、酔いが回り、ああ目が回ってきた。

花咲ける時代

昭和四〇年代の終わり頃、若村は四国、高知県の工業専門学校を卒業して東京のT社に入社した。会社は後の通信情報で防衛相とも関係のある、後に日本屈指の大手となる会社だが、その時代は世に知られることのない小さな会社だった。

若村は、卒業を間近に控えた二月、二、三時間程度の付け足しのようなコンピューターのFORTRANの講義を受けた。FORTRANは二進法の基礎の基礎の領域で、コンピューターの勉強はまずこれで始まる。三〇を少し出たばかりの会社員から教員に転職してきた講師は「まもなく、皆さんは色んな日本ＩＢＭやソニー、日立なんかの大企業に就職されるのだろうが、どこの部門にいってもね、君たち騙されたと思ってコンピューターの勉強をしなさいよ。今は大学、研究所などの計算機以外にはたいして実用的ではないが、絶対に将来大きく飛躍していく分野ですよ」と熱っぽく口に泡を飛ばしながら語った。

若村はへえーと思ったぐらいで何の関心もなかった。

彼は高専電気科には間違って入学したという思いがずっとあった。どちらかといえば文系だったが、日本の将来はと口酸っぱい父親の説教と教師に勧められて、電気科のある学校を選んだ。選んでしまったと言っておく。

それで高専卒業時に映画の脚本家に憧れていた彼は、入社しても会社の仕事は最低ラインで済まして、なかば公然と脚本や文藝の勉強をしていた。首にならなかったのは時代の良かったことと、幸運以外の何物でもない。

ある時、同郷の高知県出身の日活N監督（彼は石原裕次郎が初めて映画出演した「狂った果実」の監督）に押しかけて原稿を見てもらったことがあった。監督はポツンといった。「この本は木に例えるなら、幹は細くて、葉っぱだけがうじゃうじゃと茂っているそんな木だ、大木にはならない。君は太い幹をまず最初に描きなさい。今は大河の源流をつくれ」と言ってくれた。感激した若村はますます仕事はほとんどそっちのけにして、残りの時間は全て文藝修行に打ち込み、さらに映画監督への野望も芽生えていた。

しかし、知識は人並みにその道の通といえるくらいは増えたが芽は一向にでないまま、涙金ほどの原稿料は数度手にしたことはあるが東京の一〇年はあっという間に過ぎた。

あちこちのシナリオ関連の雑誌に応募したものの脚本は採用されず、たまに担当者に呼ばれると全部書き直せに等しい言葉を浴びた。

もともと黒澤明の「七人の侍」を見たのが脚本家を志すきっかけであった。映画を見た瞬間は映画監督になりたい、次いで黒澤明の書いたものや映画雑誌を読破するうちに、監督になるには脚本を書く能力がないとだめだと書いてあったのがその職業を志す動機である。

つまりこれをしないと生きてゆけないというような、あまり切実な動機のない若村にとり、書き直し書き直しの鍛錬には耐えきる道理がなかったのだ。これ以上その道を目指す忍耐も尽き初め、これから一〇年、二〇年後の将来も時間がたつにつれ、ますますはっきりと見えた。

昭和四〇年代が終わる頃の映画産業は斜陽であった。

正反対に会社の業績はうなぎ上りに上がった。

ぎりぎりの生活費は確保しようと思って、その旨を担任の進路指導教師に相談して提示され、すんなりと選んだ会社。ほとんど世間には知られない、小規模の会社で、給料も安いがしかし忙しくない、半官半民の会社であった。しかし彼が入社するころからどんどんと業績をのばした。一株一〇〇円そこらの会社の株はバブルの最盛期、ヤフーが株式を公開していきなり二六〇万円をつけた時には三万円を越えた。そして池田首相の所得倍増計画が実現を帯びた時、春闘では一〇〇〇円、二〇〇〇円単位の昇給がやっとの時代、突然に若村の二万五〇〇〇円の給料が一二万円になった。入社して四年目の時で、初任給は一万九五〇〇円であったことを思い起こせば、国策で世間は数年でひっくりかえることを思い知らされた。

しかし華やかなバブル時代とはいえ、脚本修業以外のことでは若村はあくまで路傍の人であった。団塊世代にとり、それは競争社会からはみ出すことと同じだったが、彼は頓着せずひょうひょうと五時を過ぎるとすぐにカタカタと音も高く席を立ち、一路渋谷の脚本家志望の学校に向かった。当然のごとく次々と後輩に抜かれ周りからは馬鹿にされ呆れられた。

会社就職にあたり、彼は小さな希望を就職担当の教師に告げた。

「先生、わしゃあ、国家は軍事と切り離せないと考えておりますきに、どうせなら国防関連のところで働きたいもんですがの」「それじゃあ、小松製作所とか三菱にするかの」「いや、戦車や飛行機を作っても今の日本じゃスクラップを作るようなもんじゃきに、もっと現実的に、今日の今日に国に役立つような会社はないもんですかのう」「それじゃあ、毎日毎夜役立っているレーダー関係はどうじゃの」ということで彼は防衛相関連のあるT社を選んだのだった。

世間には名前の知られていない、いや知られること、有名になると困る企業で、仕事は機密事項も多かった。しかし世間が平和になるに反比例して次第に仕事は忙しくなり、報酬も多くなった。日本全国の自衛隊のある場所にはすべてアンテナ、レーダー保守管理で回り続けた。末端の組織どおしで、仮想敵国であるはずのソ連や中国とも情報のやり取りがあるのも垣間見た。

前に述べたように給料は月単位の手取りで万単位の昇給、入社時二万円足らずの給料はあっという一〇年の間には三〇万を越し、ボーナスは年に三回という時代、夏のボーナスは二〇〇万円もでた。海外にも数度出張し貴族のような生活も経験した。

しかし彼の脚本家になりたいという願望は頭から離れず創作の勉強を怠ったことはなかった。渋谷の脚本家養成学校に通っていた頃に、同じ組の生徒だった四国松山出身の女性とも結婚し、まもなく一女に恵まれた。

仕事で楽しいこともあった。軍事用レーダーの保守修繕は当然一人ではできない。二、三人から多い時は一〇人程度の人数で出張して、民家を一軒借り切ってひと月ちかく宿泊するか、二、三人だと会社ご用達の民宿を利用していた。通常の旅館、ホテルは回避した。

夜は車座で酒を飲み、飲み潰れたら雑魚寝した。それが若村の会社員生活で唯一の楽しい思い出だ。入社から一〇年後、突然の父の死を契機に彼は高知に帰ることにした。

照る日曇る日

もともと彼は土佐の山奥の樵の倅に生まれた。極貧の暮らしをしていた。しかし太平洋戦争が終わって数年のうちに彼の家はあっという間ににわか成金になった。彼の村は秋田県、三重県と肩を並べる三大杉、柳瀬杉の産地でもあった。豊富な水を毎夏にもたらす台風と年中照り付ける太陽は植物の早い成長を促した。

太平洋戦争が終わり、数年後の朝鮮戦争特需で大都市では復興が始まった。関西や名古屋の住宅用材木の需要は凄まじく、紙幣の増産も重なり紙の原料の楮（こうぞ）や三椏（みつまた）を栽培していた農家のタンスには若干の聖徳太子が詰め込まれた。急峻な四国山脈の谷の斜面にへばりついたような村は、紙幣の原料となる楮や三椏の産地には適しており、栽培は盛んで四国山脈の谷あいの斜面は一面の黄金色になった。

二〇〇〇人足らずの人口の村は戦後から二、三年を経ずして一万を越す人口をもった。父親は息子を小学校が終わるや高知市の私学で金のかかる土佐中に進学させた。中学を卒業するころに国の政策変更の煽りをうけて、彼の家は急に傾き、国立の学校を親は選んだ。彼が高専に入学する時に、同郷の友人の多くは、集団就職列車で三月に四国山脈を越え瀬戸内海を渡って関西や東京に消えていった。高知駅から彼らを若村は見送った。

そしてその五年後に彼は同じ列車で東京に向かい、三〇を越して彼が高知に再就職して帰るときには高知空港、今は高知龍馬空港という南国市の飛行場に降りた。集団就職列車はとうに日本から消えていた。

郷里にかえるとすぐに彼は父親の縁故でS銀行に就職できた。コンピューターの知識は丁度、銀行が経理をＩＴ化する流れもあり、彼は重宝がられた。地方銀行に就職してからそれがあっていたのか、すぐに高松支店の支店長になった。脚本家のことはすっかり忘れていたが高知県の文芸協会に入り、後には会長に就任するまでになった。同人誌の編集と金集め、若者とコップ酒を片手に文学論を戦わしている時間に今、彼は喜びを見出している。本店の副支店長になった頃、その頃の世間の風潮で若村夫婦も東南アジアでの老後を考えて、シンガポールへの移住計画をたてた。生活費が日本の四分の一で済んだ。脚本修行以外には道楽のない若村は、夫婦共稼ぎで一〇年の間に六〇〇〇万円を貯蓄した。一人娘の長女は父親と同じ中学高校にすすみ、高校二年生の時には米国に一年間の留学をした。娘が帰国して半年が経つ夏の夕刻であった。

顧客と商談中は電話の取りつぎは見合わせるようにという部下との約束事が初めて破られた。

「副支店長、奥様が、急なことでどうしても取り次いでいただきたいと仰っておられまして」

突然の妻からの電話は娘が学校で倒れたという知らせだった。

それからの若村は苦労、不幸の連鎖である。娘は一命は取り留めたものの、大脳深部の動静脈奇形破裂によるクモ膜下脳出血後遺症で四肢麻痺が残った。その娘も今年三十路を迎え、静岡の、若村がやっと見つけて入院の許可をもらった病院で大半をリハビリに費やしている。妻は娘の闘病、介護疲れで娘の発病後数年で突然この世を去った。貯金は入院費やあちこちの病院、施設の交通代、特別手配の車代にとうに消えたが、国の政策の恩恵を受けて何とか生活している。三ヵ月ごとに静岡に行き、一ヵ月は高知で非常勤の仕事をして生き延びている。

もう七〇に近い彼は飄々と娘と生きている。

「俺には挫折している暇はないのだ」と、半世紀ぶりに現れた不意の客に語っていたある夜に、行きつけのバーでワインを五杯空けたところで、若村は意識を失い「救急車を呼べ」という声がざわざわ聞こえたところで前後不覚になった。

目が覚めた時に彼は天国にあり、白い仙人が彼をじっと見降ろしていた。

すべてはシャボン玉

「おわかりかな。この世のあらゆるものは夢、幻なのだぞよ。お前は胡蝶の夢をしっているかの。昔々、唐代、いやいや、もっと古い時代の中国の話じゃ。荘子というえらい聖人がおった。

彼は真の聖人であった。そのことは彼が実在した人物かどうかさえ今でも異論があることでわかる。彼のことはその教え以外には何もこの世に伝わってはおらんのじゃ。その彼が夏の夕べに大きな槐（えんじゅ）の木の下に置いた涼み台で昼寝していた。そして自分が夢の中で蝶になった夢をみた。夢から覚めた時に彼は考えた。今の涼みを楽しんでいる人間の私が夢なのか、夢の中で花から花に飛び交う蝶が本物の私かとな」

突然その声が若いキンキンした声に変わった。

「起きてください、お客さん、着きましたよ。マンション平城に着きましたよ。起きてくださいよ」

私は一切を了解した。「お客さんは酷く酔いつぶれて畳に寝込んでしまい、高橋辰先生他の医師会の皆さんに車に押し込まれたんです。シャイニーパレスからこのマンションまで五分ほどの距離ですが、すごい鼾でしたね」。ドアからでたらすぐに気分がどっと悪くなり嘔吐してしまった。夢まで嘔吐した。

Thinkling memory

この夏の話である。高知市ははりまや橋に近い繁華街にある本格的なドラムや何やらの演奏の備えのあるジャズ・バーで、私はある男とその男を私に仲介した知人と、その男の好みに合わせて白ワイン五杯を空けた。この間に半世紀ぶりに再会した男といろいろ話をした。五〇年前に偶然知り合って名乗りもせずに別れた少年の彼が若村ということを初めて知った。

今は銀行を退職し、娘の介護に大半を費やしているという彼はかなりほろ酔いになった頃、こう言った。「私の同級生はつまり団塊の世代ですが、土佐高校からは六〇人の医学部合格者がおります。高校三年生の時に彼らに医者にどうしてなるんだと聞くと、みんな、お金持ちになり美人と結婚したいからだと言いました」そして続けた。「今彼らはどんどん死んでいますよ。財産ができ、美人の奥さんと結婚できたからといっても死んじゃあね」。彼らの財産処理やら生命保険やら何やらですごく忙しいともこぼし、「それが今は唯一の医者とのご縁です」と終いをつけて、再会を来年夏に誓い別れた。

今は昔のこと

私は二〇歳の時、それまで在籍していた学校を年末に不意に退学した。翌年の三月のある日、瀬戸内海の春の海の船上にいた。四国は高松から岡山宇野までの連絡船で、一人の少年と出くわした。他人同士の若者は数秒で意気投合し四、五時間で夜の大阪駅で互いの名も告げずに別れて、その後半世紀会うこともなかった。人生は不思議なものだ。半世紀ぶりに偶然再会した彼とワインを飲むことになった。彼と再会する鍵となったのは、彼がインターハイの軟式テニスで準優勝しているということと、土佐高校の卒業生で私とは同年代らしいということのみだった。

もし医者の道に進路変更をしなければ、私はエンジニアになり円満に十分な退職金を得て、東京か横浜で悠々自適かもしれないし、あるいはリストラされた挙句うつ病となり、不幸なことになっていたかもしれない。

とにもかくにも、今までまだまだあると思っていた人生はもはやとうに過ぎ去った。

我らの人生は束の間だ。結局は人間は無から出、無に帰る。人は裸で生まれて裸で死ぬ、終わりはみな同じ、その間の時の流れなど幻のようである。

酔いなく浅い夢を観るようなものじゃないだろうか。

捨てがたき名刺

生来の収集癖があり、小学校時代から切手、マッチ箱のレッテル、蝶蝶、コイン等々を集めて楽しんでいた。それらは中学卒業の頃にはすっかり消え去った。

しかし、その性癖は長く残り、人様から頂戴した名刺は数十年来、丁寧に名刺整理用ノートで保存していた。ノートは気がつくとやたらに分厚く、整理とはほど遠い、無造作に放り込まれただけのスクラップ保存にすぎぬ、いい加減なものになり、目的の名刺を探すのに一苦労するようになった。流石に不要な名刺も数百枚にはなろうか。多く、うっとうしくなり、ここ一〇年間で折りをみて処分するようになった。

そのなかで、二度と使用することはないと思いながらも、いまだに捨てられずにいる一枚がある。それはもう三〇年前に戴いたものだがいまも真っ新で、その時代の好景気の輝きまでも焼き付けたように白い地肌に堂々とした文字が輝いている。名刺入れの奥底でおそらく最後まで棲息して残るであろう、その一枚の名刺の話を思い出すままに語ってみる。

「黒川君、今、東病棟の拡張工事を施行していることを知っているべし。あれは○○建設でやってもらってるんだが、そこの現場監督さんが今日の午後に入院することになっている。君の部屋に入れたから診てやってくれよ。一〇日ほど前からの下痢で発症していて二、三日前に診察したが、なんとスキルス胃癌なんだ。少しだけど、もう腹水もたまっているんだよ。この暑さの工事だろ、とにかく脱水もひどくて、だいぶ参っているから、まず補液して様子みていてくれ。そのうち仙台から所長がみえることになってる。自宅は仙台でも、実家は関東だそうで、ここにずっと入院するわけにもいかずでね。本人共々に相談して、最終的にどうするか決めてくれや」

ある梅雨時の月曜日、早朝のカンファランスで当日の数例の食道がんやら胃がんやら胆石症やらの手術の担当割り振りが、もう四〇年近くそれをしている猫背で痩身の外科部長兼病院理事長のY先生の拒否しがたい流麗かつ威厳ある指示で何時ものように終わり、みんなが椅子をガタゴトと一斉にならして立ち上がった。私も腰を浮かそうとした瞬間に、最前列に陣取っていた角刈り頭の外科ナンバー2である少壮のK先生が、私を振り返って何時ものように鋭い狐目の仏頂面で言い放った。

名外科医として広く名の知られていたK先生は、一面、近づきがたい体育系体格と風貌に加えて甲高く塩から声で無愛想な物言いをした。私も初対面から数週間はK先生に正面から見据えられると背筋が寒かった。外科研修医生活も三年目に入り、彼の性格は知悉していたので、私は平然とその視線を跳ね返しながら、「手術にはならないのですね」と確かめたら「まずな、まあ、少しCT検査なんかもしてみてからになるが、やるとしてもバイパスぐらいか。ただ、ケモ―化学療法はここではやるな。その時は関東の実家のこともあるし、行き先を決めて転院ということになるなあ」。珍しく、細かいことまでも話した。

「だげんじょ、それでな、もっと困ったことには秋口には結婚する予定になっているんだそうだ。婚約者は会津の〇〇町の女性だが、それも相談してみてくれ。勿論、彼女にも会ったが、本人も含めてムンテラもよろしくなあ。告知はしてないからそれも頼むかし、僕は病気のことは胃腸炎と疲れだろうが、まず検査中としか言ってないからな、わかったかし」

汗かきの彼はもうハンカチでゴルフ焼けの額を拭いながら外来に向かう。

彼の背中を眺めながらカンファランス・ルームを出しなに、窓から雨に煙る青葉の緑のすっかり濃い会津の山々が、病棟のビルの合間から見えた。その緑は日々に濃く茂りたおやかに山肌を埋め尽くしている。消し忘れた隣の内科医局のテレビからトム・ジョーンズばりの日本人歌手の「二人でドアを閉めて　二人で名前消して……その時心は何かを語るだろう」の歌声が漏れていた。

私は、やや、面倒なケースだな、と思いながらも、その時、その患者さんを含めた周囲の人間関係があれほどの煩雑で重たいことになるとは想像してなかった。当時、医者として万全、万法を尽くしたつもりだ。しかし、私がベストの主治医であったかは今もって自信がない。患者さん達には甚だ頼りない医者で心許なかったかもしれない。三〇年近い歳月を経た今、やり直しができたとしてもどうだか。

しかし、当時の私は懸命に勤めた。

もうだいぶ蒸し暑くなりかけた初夏の熱気のこもる病室に入院してきた患者さんは、現場監督というイメージからは大きく異なり、三〇代半ばの中背の柔和で気さくな男性で、時折に笑みをたたえて、少ないが明瞭な言葉で応対してくれた。その患者さんは──ここでは一応、小田島秀夫さんとしておく──のカルテは昭和二三年六月生まれ、とあり、私と同年齢でもあった。

しかし、同時に私は、私自身の健康の幸福を感じている傍観者であった。

彼の入院日の夕刻には、上記の事情もあり、例外的に迅速にその後一週間余ほどの間に多数の人々との病状説明予定日時が決められた。私も彼一人の主治医ではいられない。当時の外科常勤医一七名の一員である。手術や検査、雑事をこなしながら、正午から午後一時までと夕刻から夜にかけて、病棟で、あるいは当時の病院では珍しく手術室に隣接して設けられていた瀟洒な面会室で、私は婚約者からその両親、小田島さんのご両親、仙台からの上司の訪問を繰り返し受けて個別に時には合同で対応した。小田島さんとは数日の病棟回診の頃には彼の病状も、性格もおよそ把握できた。

臨床検査はK先生の診断をつよく裏付けるようになり、私はそれらを本人の顔色をうかがいつつも告げるようになった。入院したその週の金曜日の夕刻に「今日は検査データがほぼ揃いましたから、あとで病棟にきてください」。小田島さんに回診のあとで、病棟のシャウカステンにずらりと並べたレントゲン写真やCT画像を眺めたままで、「どうも、必ずしも良性の潰瘍とは言いかねるのですよ」と表情をやや凍らして呟いておいて彼の顔を伺う。もう既に周知していたように彼は二、三度頭をゆっくり揺らして「そうですか。わかりました」と柔和な笑みを崩さずに、しかし笑っていない両眼は写真を凝視していた。私はその目を見つめて「悪性と決まった訳ではないのですが、病理診断という顕微鏡検査ですが、癌の疑いも十分にでてきました」と少し顔の筋肉を緩めて初めて彼に向き合う。腹水などの進行状況はまだ告げなかった。翌週、互いに垣根が感じられなくなった彼に世間話を交えつつ、言葉をにごしながらも完治の見込みがうすいことや余命のことに踏み込んだ。小田島さんは初診から最後まで一度も温顔を崩さず動揺はみせなかった。

入院の日に婚約者の貴子さんが一緒に付き添いにきていた。元ミス〇〇だったという話を看護師から聞いていたが、小田島さんよりはるかに長身の美人で華やかな雰囲気の女性であった。私はこのカップルの結びつきに、ややいらぬ興味と違和感も抱いた。彼が席を外した機会をつくり、「お目出度のように伺いましたが」私は一体、何がお目出度なのかと自身を憤りつつも、それを彼女に確かめずにはいられなかった。「ええ、あたし、そろそろ三ヵ月です」。

にこやかに、婚約者は夏の疲労と急性胃腸炎のたぐいと認識していた彼女が嬉しそうである。ええ、そうでしたか、と明るく笑顔で返した私の心のひだの影はますます暗澹としてきた。おめでとうございます、は言えない。

翌週のカンファランスの時にK先生が振り返りつつ、珍しく、あの患者はどうなっているのか、と訪ねてきたので、来週末には仙台市のがんセンターに転院の予定であることを報告した。

いきなり、前方に陣取っていたM先生が「本人のことはどうでもいいよ！」と怒鳴った。「婚約者はもう妊娠三ヵ月というじゃないか! 四ヵ月に入ると堕ろせなくなっちゃう。そういうふうな段取りも早くにつけてあげなきゃ。君の医者としての常識を疑うよ。婦人科の○先生には相談したのかい!!」私は凍り付いた。まったく頭になかった意外な面を指摘され、慌てふためくと同時に恥ずかしかった。

その時である、予期しない甲高い声が広いカンファランス・ルームに反響した。最前列にいたH先生、この四月に研修医生活をスタートさせたばかりの、はるばる四国のT大学から来院して仲間になったその九州男児は「それは本人達の問題ですけん!!　医者が決めることではないばってん!!」。部屋が凍り付いた。しばし、沈黙のあと「そうだな、Mよ。それは一寸やり過ぎだべし」とK先生が静かに重々しく呟いた。「××家のことや、○○屋敷のこと、跡継ぎのあるなしで旧家がつぶれることになり大騒動になったこともいろいろあるよな。大事なことだからなあ、まあ、必ずしも四ヵ月にとらわれず、話はすすめていけ。場合によっては俺も相談にのるから」とY理事長の鶴の一言で静かに終息した。M先生は両親共に幼児期に他界して、おばさん一人の手で育てられたことは私は知っていた。H先生の怒号に近い声もわけありのようだった。

それから数日間の、昼休みから深夜まで時間を捻出して、婚約者単独であるいは彼女の母や小田島さんのご両親と合同で説明の会をもった。次第に医者と患者を越えた重たい会話に変化した。関東からの義父は隙のないスーツ姿で「実は私どもにとりこれが初孫でして、貴子さんには是非とも出産をお願いしたいと思っています。私どもはこういう仕事をしておりますが」と一枚の名刺を差し出した。

名刺の勤務先は全国的にも有名な結婚式場の名称が印刷されていた。肩書きは○○取締役とあった。白髪の紳士は怖くなるほど真剣な形相で卒業数年の若い医者に懇願するように迫った。

「秀夫は一人息子で、お腹の子は私たちにも初孫になります。私どもには、まず、それなりの財産もあり、生まれてくる子の養育は勿論、貴子さんのことも一切引き受けます。貴子さんが育てられても金銭的にもその他の支援はいたします。また新しい方と再出発されてもかまいません。勿論そのことは貴子さん次第ですが、私どもで養育して参ります。私も家内もまだ若いので大学を出せるぐらいの年齢までは十分に大丈夫かと思います」

傍らで、妻がこのときばかりは驚くほどに私を凝視して大きくうなずいた。

「先生もなんとか、このあたりを理解していただいて……」

しかし、魯鈍な医者はただ困却するばかりであった。

次第に小田島さんから告げられたのであろう、貴子さんの苦悩も、その実母から周囲の人々に同心円に拡がる。当の小田島さんはどういう夜を過ごしていたろうか。私は最後までその周りをうろうろするだけの傍観者であった。

小田島さんのこの世の時間は限られている。私は最終局面において小田島さんに中絶も含めて、生まれてくる子供さんへの意向をきいた。いつも笑みを浮かべながら、貴子のいいようにしてやってください、といって微笑のままに沈黙した。何度確かめてもそれしか答えなかった。諦念の心境は形にするとあの微笑になるのだろうか。

手術室の一角にある、小さな夕日の射し始めた部屋で母子に転院前のムンテラをした。母親はみるからに会津の農婦で娘とはかなり似つかなかった。私はその母親に親近感を覚えたものの必要以外のことは一切口にしなかった。雰囲気は静かに始まり突然に嵐がきた。ソファに隣通しで座していた母子は激しく反発しあい、怒号しながらつかみ合わんばかりになりながらも、最後は抱き合ったまま号泣した。正面の私は席を外していた。半時して帰室したときは嵐の後の静けさ、静謐があった。

一ヵ月後の真夏に仙台郊外にあるがんセンターを私は訪れた。

「二人でドアを閉めて　二人で名前消して　その時　心は何かを話すだろう」がカーラジオから流れ出ていた。ひなげし草のつゆにズボンの裾を濡らし、老いた杉が日を遮り、夏でも冷気ただよう暗い小道を抜けて病室の彼に面会した。明るく広い個室であった。

少し、頬がこけ、腹水も見た目にあらわになってきた彼は抗がん剤の点滴中であった。不安もいっさいの空気と日光をも遮断して、彼はにこやかに「六時頃には貴子がきますよ。それまで」との申し出を、私は大げさに云うなら落ち着きさえもなくし、断り退室した。それが彼との最後になった。

見知らず柿がその年も赤く柔らかく暖かく会津の山野に色づく頃がきた。そんな時、私はなんの前触れもなく、一通の書簡を戴いた。

「謹啓……息子は闘病を続けています。一方、貴子さんのお腹も日々に大きくなり……」

几帳面に白い美しい模様の入った便せん三枚に綴られた黒いペン字の筆跡から、新しい命の底音を、運命を私は十分に感じた。

名刺の人物からの書簡はある年に途絶えた。

私も数年後に会津を去った。当時の会津時代のいろいろな患者さんの年賀は今年も少なからず届いている。

この正月も会津若松市在住のAさんから年賀状をいただいた。あれから、もう三五年になるのか。葉書には、あの時はほんとにどうなるかと思いましたが、私も今では孫三人に囲まれています。昨年には○○市役所を定年退職いたしました。Aさんのご主人は三七歳で回盲部癌で逝去された。そして、そのベッドの傍らでAさんは二人の小学生とともに呆然として一人取り残された。私の「ご臨終です」の後に、私はその小学生達の手をとりながら内容はすっかり忘れたが、なにかを口走ったことは覚えている。その子達が私の形相に驚いた表情をみせていたことも。

そんな年賀を戴く度に小田島さんのお子さんはどうしているのだろうと空想する。そして私は小田島さんの父親の年齢をとうにすぎていることにも改めて驚いている。

どんな人生でも過去、現在、未来に区切ることが出来る。

現在は瞬間瞬間に過ぎてゆく。年を重ねる毎にその速さはまさに光陰の早さとなってゆく。

しかし過去は私の好きなように引きだし、引き留め、しばし、眺めては、いろいろの時間をあちらこちらに走り回る。ほぼ半日を写真を凝視して暮らしている私は、世間とは没交渉の世界にいて書きたい過去を思い出すままに書いてきた。主題というようなものは持ち合わせぬままに書き綴り、この辺で筆を擱く。

このいつまでも真新しい名刺は、本来の役にはもう立たないが、私にとり過去の国に旅立つパスポートの役目を果たしている。

そして、入出国する度に自分は医師として万法を尽くしたろうかを想起させてくれる、半端な俯瞰図にもなっている。ここまで書いてパソコンから何気なくネットに変えた。

明日は千秋楽、三敗が全て敗れて四敗が全て勝てば史上初の六人による優勝決定戦になる。郷土出身の栃煌山は優勝記念撮影用の鯛の注文を済ませたようだ。きっと勝ってくれるだろう。

（二〇一二年）

冬に記す夏の記憶

訃報の季節

初冬の朝、喉が乾いて痛いし微熱もあったが、なんとか今日も数キロの国道沿いの緩やかな坂道を四〇〇〇歩、歩いて海に臨む丘にある勤務先にたどり着いた。湯気の揚がる生姜湯を啜ろうとしていたら不意にドアが開いて、O事務長が「黒川先生、高野一彦先生の火葬とお通夜が明日で、翌日の金曜日には御葬儀ですが、先生はどうします」ときた。私は乾いて痛い喉をしぼって「うーん」と犬のうなりのような、自分でもイエスかノーかわからない返事をした。

人心地がついて新聞を拡げた。

俳優でアフターヌーン司会者の川崎敬三氏、川崎市内の病院で死去、八二歳。数年前にも彼の死去の記事を見たような記憶があり、まだ生きていたのかという気がした。そんな経験が一、二年前から多い。その欄の隣にドキリとした。鈴木雅州氏死去、不妊治療の第一人者、九四歳。ここで私は「がしゅう」でなくて正式の呼び名「まさくに」を初めて知った。

バブル

　昭和が終わる頃、私は福島県郡山市の南東北脳神経外科病院に勤務していた。ある初夏の日の薄暗い早朝にW院長が突然、私の読影室兼休息室にきていきなり、今日の仕事はいいから、これからすぐに岩沼の病院に行ってくれと私の胸ポケットに数枚の聖徳太子や福沢諭吉を押し込んだ。それから週に二回岩沼市に麻酔や外科外来の応援にいくことになった。

　当時、私の勤務していた病院は開設四年目に入り業績は好調だった。その余勢で分院とも言うべき岩沼病院を宮城県岩沼市に新築開設したばかりだった。後にバブルと呼ばれるようになった時代で、脳神経外科専門病院が全国に次々と建設されていた。

　岩沼病院の隣に土地造成をしていた。「ああなんでも、東北大学教授の先生が退官後にここに不妊治療専門の病院をつくるそうです。うちと同じで土地は駐車場を含めて市が無償で提供しています。まもなく道路もバス乗り場も併せて出来ます。あそこに建築中なのは、やはり市の○○で、そこの駐車場も当院で使用していいことになっています」と岩沼病院に一人しかいない地元出身の薬剤師は説明してくれた。彼はオープンして一年もたたずにいなくなった。

　岩沼の病院は脳神経外科と泌尿器で約三〇〇床ほどだったと思う。開設したばかりでまだ看護婦、事務員遇（あ）わせて、十数人しか採用していなかった。

　常勤医師は群馬大学脳神経外科と弘前大学泌尿器科からのトランク二人、広い医局にぽつねんと座っていた。その一人は後に岩沼病院院長になった。

鈴木先生は一九八三年に日本初の体外受精で妊娠出産に成功し、東北大退官後の八六年にスズキ記念病院を岩沼市に開設している。私にとりガシュウ（雅州）先生が懐かしく感じられたのは、後にその病院で働いていたのが医学部同窓生のH先生だからである。そのH君のことでは、昭和六三年頃と記憶しているが、その頃に秋田県大曲市に住んでいた私は、午後七時のNHKテレビニュースの冒頭に彼のことがその病院と共に大きく報道されて驚愕した。

さて、昭和六〇年頃の春、会津若松市の病院に勤務していたとき、「黒川先生、K先生と名乗る方から電話ですよ」。早朝、これから手術に入ろうとする私に大学の一期先輩の脳神経外科医からだった。

「ああ、黒川先生ですか。お久しぶりです。しばらくですがお元気ですか。今、院長にかわりますから」

結局、その三分間で竹田総合病院外科三年目の私は、その数ヵ月後に郡山市の××病院に移ることになった。K先生は私と入れ替わるように秋田県に帰り、大病院の院長になっている。

私は南東北脳神経外科病院では放射線科と麻酔科を掛け持ちで働いた。土曜日と日曜日は、現在世界的に著明なF先生の顔面神経や三叉神経痛に悩む鹿児島から北海道まで、全国から集まってきた患者の手術だけで二日間八例の定期手術。その他、くも膜下破裂動脈瘤の手術や郡山市近辺の高速道路交通事故を合わせて一日で十数例の麻酔や血管造影をこなした。東京や海外の学会にもよく行った。福島に空港はなかったから新幹線と電車、SLを乗り継いだ。ほぼ足かけ二年、郡山市と仙台市のベッドタウンとなりつつある新興の岩沼市を新幹線とローカル線で往復した。

そんなことから、この夏の小さな旅の記憶を書く気になったのは郷愁もあるが、私の頭がどうかしているからにちがいない。

私は二年前から高齢者の仲間入りをして老いを感じるようになった。晩年はただただ時間が持続してゆくだけで、時間がなければ状態の変化はない、ともいえるので、老いることもないかもしれないが、精神の変化もなく倦怠そのものだ。倦怠で人は老けていく。

時計には時刻があるだけで、現在はないともいえるし現在のみあるともいえる。時刻に支配されるバス、飛行機、船、新幹線、そこに乗り込み、旅が始まれば時間は消滅する。私は旅が好きだ。

海辺の戦争

夏の終わる日の朝、私は仙台市の研究会に行くために、ホームの隅々まで照らしている夏の光の下、本荘駅から秋田市行きのローカル線に乗った。発車間際に慌ただしく一人の老人が乗り込んできた。足はコンパスのように長く、背骨はやや曲がっているものの、一八〇センチをゆうにこすカマキリのように痩せキリンのように背の高い大男だ。白髪頭で、鷲のくちばしのように突き出た鼻、やはり鷲のような鋭い目は底光りしている。アングロサクソン系の米国か英国人の旅行者、学者タイプだと感じた。底の厚いスニーカー靴に、ベージュ色のポケットの多い革ジャケットを着ていた。老人は私の隣に腰を下ろした。

すぐにリュックサックバッグのファスナーポケットからＳＯＮＹのコンパクトデジタルカメラを取りだした。背面の液晶モニターを見ながらメニュー、再生ボタンを大きな親指を器用に操作して、撮影日の記録された過去の画像をゆっくりと捲っていた。最初に見慣れた由利本荘市近郊の海岸風景が眼に入ったのはともかく、それに続く数十枚の画面に私は驚いた。眼に飛び込んだのは有名な九州や大阪、東京のホテル、〇〇センターの風景、そこで行われた医学関係の講演とおぼしき画面であった。老人に話しかけたい私の衝動はどうしようもなかった。私の訥々とした英語に老人は最初は驚き、迷惑そうにしていたが、私が医者と名乗ってからは、急に日本語を交えて自身の半世紀を語った。

私ハアノ大戦ノ後デ東京ニｓｏｌｇｅｒ、ｓａｉｌｏｒノ衛生兵トシテキマシタ。朝鮮戦争が始マル頃ニ舞鶴、新潟ヤ秋田デｓｅｃｒｅｔニｗａｒ、ｍｅｄｉｃｉｎ、ｗｏｒｋシマシタ。秋田デハ土崎デｗｏｒｋシマシタガ仁川上陸作戦ノ頃ガ一番ニｂｕｓｙデシタ。戦争ガオワリｓｅｃｒｅｔニ帰国シマシタ。医学部ニ入学シテ軍医ニナリ◯◯ｖｅｔｅｒａｎｓ ｈｏｓｐｉｔａｌデｍｙ ｌｉｆｅヲｅｎｄマシタ。

老人は日の長い短いを知らぬげによく語った。

彼とは秋田駅で別れ、私は「こまち」に乗った。

鉄路眼振

指定席を目指して車両廊下を歩いていると、前方から私の腰くらいの小さな子供が私を押しのけるようにすり抜けていった。相手が子供ではあったがむっとなった。車両中央の窓側席に私が荷物を置いている際に、その子が帰ってきて通路反対側の窓側に腰を下ろした。そこに作業用ストレートデニムズボンに赤い格子縞の半袖シャツの七〇代かという背丈のがっちりした祖父らしい老人がきて、その子供に二言三言喋りすぐに出て行った。数秒して子供は椅子から飛び降りて入り口に駆けだしていった。私が座席で新聞を拡げていると、老人と孫がまたもや、座席でなにやら別れの言葉を交わしているのに気付いた。

祖父と孫は交互にホームと座席のほぼ一分間隔の往復を繰り返した。発車の時間になった。祖父の顔がホーム側の私の窓越しに見えた。祖父はホームから車内の孫ににこにこと手を振っていたが、ふと、くるりと身を翻して反対側のホームに歩いていった。私は不審に思った。そこに電車はなく、がらんとしていて、レールが五、六本、蛇のように輝いて夏の日ひなたぼっこをしていた。祖父はこちらに背を向け暫く立ちすくんでいたが、くるりと身を反転させた。祖父は低くなった夏空をにらみ、なにかしら怒ったように両肩を震わせ唇を真一文字にして泣いていた。座席の子供はそれに気付いているのかいないのかぶっきらぼうの表情をまるで変えず無言であった。

新幹線が発車し暫くしてから子供は、大きな新幹線プラモデル型の弁当箱をだした。まけじと、私も買ったばかりの、四〇年ぶりに復刻した〇〇の鶏樽めしをガサガサと開けた。鶏めし、鶏肉の甘辛煮、ほたての甘露煮、蒲鉾、厚焼き玉子、椎茸の甘露煮、なら漬け、紅ショウガとまずは釜飯の定番だ。栗の甘露煮が添えてある。これに柴漬け、昆布、きんぴらがあればと思い、主役にはサバかシャケ、あるいはカツがとも贅沢な思いはつのるが一〇〇〇円だ。我慢して今は秋田出身の鶏肉の甘辛煮に期待しよう。と顔を上げ視線を子供に移した。彼はプラモデルの新幹線こまちの天井蓋を何度か取り払ったがただただ眺めているだけだ。子供と視線があった。こっくり子どもはぶっきらぼうに頷いた。それは五〇年前の私でもあった。

「まあ、珍しいだろうがなあ。あんまり外ばかり見ていると気分がわるくなってしまうよ。鉄路眼振(がんしん)といってなあ、めまいがしてくるぞ。東京駅ではお母さんを見つけるまで、知らない人には絶対について行くんじゃないぞ。困ったら車掌さんに相談しな。来年の夏にはお兄さんときなよ。大学合格祝いをしよう。君も最後の小学生生活だし……」私が仙台で降りる間際、祖父と二人だけの夏を過ごした小学六年生は窓外を連れ去っていく夏を凝視し続けていた。

玩具のようなプラスティク・ナイフ、フォーク。これも玩具のごとき乾ききったソーセージ、ハンバーグ、糸くずのようなナポリタン、エビ、パスタ、ピーマン、鶏の唐揚げのお弁当は一口も口に入れず新しいリュックサックバッグにしまい込まれ、座席の傍らに置かれた。そして私の鶏めし弁当は彼の胃袋にあった。

エピローグ

私はこの短い半日の旅で三人の見知らぬ人、忘れ得ないであろう人々に出会った。我々の春夏秋冬の喜怒哀楽は時間の意識でもある。

この稿を終える今、能登前秋田県医師会会長の訃報に接し、私は小さな感傷におそわれた。日日が過ぎ、その日日のうちに人が消え新しい人があらわれる。その輪廻と共に生きて消えて行くことが老いていくことでもある。

新しい時間が来て私はどんな出会いの旅をするのだろうか。

蛇足だが、稿を上梓してから、一二月一一日の魁に大館・花善の鶏めしが「東日本駅弁総選挙・駅弁味の陣二〇一五」で最高賞を得た記事が目にとまった。拙稿で小生の食した、創業一一五周年記念の復刻版鶏樽めしは昨年の総選挙では最高賞に次ぐ駅弁副将軍に選ばれていて、これに改良を加えた今回の弁当が駅弁大将軍に選ばれた。これも何か嬉しい縁である。

（二〇一五年）

「修行」について、銀行馬券

プロローグ

与えられたテーマを広辞苑でひくと、「修行」は悟りを求めて仏の教えを実践することとあり、武芸修行が一例として挙げられ、修業は学問、技芸を習いおさめること、板前修業、花嫁修業が挙げられていた。

さて、この世には、およそ努力とは無関係に技術がやすやすと身につけられる人がいる。普通の人は技術、知識を労苦と努力で身につける。ところが、ピカソのように「私はいわゆる幼児絵というものを描いた記憶がない」という人達がいる。

私はピカソが五歳で描いたという絵を見たときに瞠目するとともに激しい衝撃を受けた。

そのたぐいの人の話をする。

彼の十数年ちかい歳月は修行と修業、その両方だろう。彼は戦後の時代の裂け目に落ち、否応なく修行を重ねて生き延びてきた。

彼は数学の教科書の最後の一ページみたいな男だった。そこには全ての解答―数字と記号が暗号のように羅列されている。

手術室前室にて

堂嶋が何時もの時間に何時ものように休憩室の磨りガラスドアを身体をぶつけるようにして開けた。狭い室内の、職場の性質からそうしてある形ばかりの小さな明かり取り用の窓から晩秋が開いていた。朱鷺色から錆色に変わってきた会津連峰の山肌が氷雨に煙り、すり鉢のように連なる嶺嶺は乳色の霧に包まれ、靄はそのまま利休鼠の空に消えてゆく。

堂嶋が顔をくっつけるとガラスが呼吸の度に秋を白く点滅させて被う。

北東北のA大学医学部を四年前に卒業した彼が意外な展開で放射線科から武山病院外科に赴任してはやくも四年目の秋が暮れている。

彼はしばし、無情迅速の感慨と共に晩秋を鑑賞した後、昭和初めからそこにあるという古時計の音にせかされ慌ただしく踵を返して部屋をよぎり隣のロッカー室に抜けた。

二列並びの一〇数列のロッカーは入り口近くは来賓用になっており東北大学とか新潟大学、福島医大、東京医大、慈恵医大もろもろの病院非常勤勤務の名札が貼り付けられている。

その鰻の寝床をすり抜けてやっと一番奥の四九番ロッカーを開けた。病院の部屋にはどの病棟にも一三号はあるが、四や九号はない。ここにはあった。その土地の忌み数字はそうなっていた。数字の好悪はしかし、時には必然とも偶然ともいえないものの意外な結果をもたらすものだ。

彼は鍵のないロッカーを開けた。

そこには既にリネン室のおばさん達が入れてくれた三着分の手術着、もとは濃い緑色だが今は淡くブルーに変色した手術着が整然と重ねられている。

冷たくごわごわした硬質の感触に指先から紅顔いや睾丸までも締まりかけた堂嶋は、ばりばりと音を上げて手早く着替えると控え室に戻る。気になる数字は頭から消えている。

ドアを開くと眼の前には秋は消えて、代わりにソファに新聞がすわっていた。

堂嶋の正面に新聞を観音開きに大きく広げて向こう側の人物の上半身はすっかり隠れ、膝下と新聞の両端にクリップのように見覚えのある時計をはめた手がみえた。

新聞紙に挨拶した。綿さん、お早うございます。

やあ、堂さん、お早うございます、と太いバリトン気味の声が新聞紙を濾過してひびく。綿さん、なにか珍しいニュースでもあるのかい。新聞の上隅に「週刊ホース」がちらりと見え数頭の馬の疾走する写真が飛び込んでくる。

新聞紙のあちこちに四角い枠に囲まれて、ドラゴンハーバー、ビッグベニス、ファイターボーイ、ワイルドクイーン、パッションボーイ、サッポロダイヤ、ニシノライト、とかのカタカナが縦にならび上には1から8までの番号と本調子、大崩れ、怪物、強敵、堅実、有望という人生訓のような文字もある。

三坪ほどの部屋の中央でベッド兼用のソファに深く腰をはめこんで、綿さんが競馬紙に手をそのまま貼り付かせてロダンの考える人と化している。

新聞紙の向こうから、天皇賞がそろそろだからさ。ぼそりと何時もの声が返る。

それは昭和五〇年代の中頃だった。いざなぎ景気からバブル景気へ向かう時代だった。

ぼく、東京の友達からも昨夜は電話で情報がはいっているけど、新聞にどう書いてあるか、それを読者がどう反応するだろうか、それが知りたいのさ。株と同じでさ、自分が買いたい株を買うのじゃないよ。みんなが買うだろう株を先駆けて買うのさ。綿さんのそんな話を堂嶋は感心して何時もきいている。

　彼は賭けの神様であった。

　天皇賞はハイセイコーで決まりじゃないの。

　ううん、それはそれでいいの。僕はそんなこととは関係ない全く別の馬を買うよ。あとはどの程度を賭けるかだけどね。

　その時、ばさりと新聞紙は下に落ち、神が現れる。

　数学の神は、眼前の大衆の一人がまとわりつくのが、蝿のようにうるさくなったのだろう。

　堂ちゃん、あんた、少しカネあれば賭けてみない。いいのあるよ、と綿さんはその時ばかりはニコニコでなくてにやりと笑った。銀行馬券を知っているかい。

　数学の神様のにやり顔がこわくなって、堂嶋は銀行馬券？　知らないよ。カネはまるでないよ、と言い捨てて、貯金は二〇〇万はあったかなと思いつつも、足を投げ出し、手術室のフットスイッチをいれた。灰色の電動扉が開いた。手術室、そこが堂嶋にとり、日常の世界である。振り返ると、綿さんは新聞紙に顔を挟んだまま凍り付いて動かない。前におかれている小さなメモ帳には数字がぎっしり並んでいる。

登場

　会津の山々に春の神様が黒い地肌をキャンバスにして絵画を書いている。大半は馬や熊の動物やどこかの国の地図模様である。キャンバスは毎夜、毎朝に塗り替えられ、やがてその黒白のスケッチが終わる頃まもなく緑やピンクの作品が咲く。

堂嶋はその時、会津の山肌の絵画達を外科カンファランス・ルームの窓から眺めていた。山の麓には瓦屋根が波のように連なる。

都市は日本全国どこでも駅を中心にして似たような装いをしているがこの城下町は違う。磐越線をゆられてそのローカル駅の、車掌が切符にパチンと音をたててきり、店内の味噌田楽の匂いを嗅いだときから印象は変わらない。

時代の流れに土地の人々が抗い、江戸を残している。この街はあるいは抗うふりをしているだけかもしれない。

戊辰戦争も飯盛山の白虎隊も観光商品にするふてぶてしさもある。

ともあれ、春風は人の心を浮き立たせる。

堂嶋が赴任した、どこの病院でもすべて医局は四階にあった。その窓を開ければ山からの五月の風はまだ冷たく吹き込んできた。

ふと下方に眼をやると、堂嶋が見たこともない途轍もないデカイ真っ赤なキャデラックが狭い一本道路の路幅全部を占領して窮屈そうに病院の正面玄関に近づいてくる。

「でっかいキャデラック、いやタウナスかな」

「フォードだよ。昨日はナメクジ長屋の竹田先生宅の隣の家に駐車していたという話だ。外科の研修医らしいぜ」と赤いフェアレディに乗っている川崎が補足した。川崎は東大外科医局の卒後五年目、父は東京の情報会社の社長である。

「研修医であの車か、金持ちの息子なんだなあ」と堂嶋は驚く。

「いや、本人のだ。歳もだいぶくってるようだ、随分とカネ持ちらしいよ」と薄笑いで川崎が答えた。

「歳をくってるって?」

「なんでも東大紛争の時からだいぶ休学していたらしい。その時一度社会人になり、その時に儲けたそうだ」

「東大紛争? あれからもう、一四、五年以上は経っているよ」

「まあ、明日には挨拶に姿をみせるから本人にきけよ。面白い奴できさくな人だぜ、それよりカンファランス始めるぞ」

世間から離れた場所のこれという話題のない会津盆地の総合病院の医局医員や看護婦達にとり、彼の登場はやや衝撃的なものであった。

彼の名前は綿貫哲治。名古屋市出身。父親は名古屋の有名な神社の神主。二人兄弟の長男で昭和四一年四月東大医学部に現役で名古屋市の高校から入学した。そして卒業は昭和五五年三月である。小柄小太り、浅黒い、とりたてて特徴のない容貌であり、誓って好男子ではない。年中浅黒い肌は精悍さを強調していたが、そのドングリ眼のひょうきんさで威圧感を打ち消していた。その病院の外科は東大第二外科のジッツで、つまり現代風に表現すると研修指定病院である。そこには七、八人の東大医学部出身者が約二、三年の研修期間に在籍していた。その彼らとはまるで相違して彼はおよそ知性が感じられず、東大出にはもちろん全く見えなかった。

偽医者かもね

「堂ちゃん、飯食いに行かないか」

「ああ、昼飯は今日も緊急オペでお互い食えなかったしね。長い鉤引き、ありがとう」

腹を満たすことよりも綿さんと会話出来るのがこの頃は楽しい。新入医局員の世話係みたいなことをしていた堂嶋はいつしか年齢も近いこともあってか彼と仲良しになっていた。思い返すと正直、接近してきたのは彼のほうであった。

綿貫の話は映画やテレビドラマの一〇〇〇本分よりも面白かった。

綿さんは単身赴任だったがまず外食はしない男だった。無駄遣いは一切せずそのてんは本当の金持ちらしいオジサンであった。

「あのキャデラックは僕、一度しか見なかったけど今度乗せてね」

「残念でした。ああ、すぐに売り払いましたよ。だって通勤、買い物は歩きで足りるし、特にドライブなんかする必要はない。僕は外科研修に来ているわけだからね。会津磐梯山観光?? だって。バスと電車でたりるでしょ」と殊勝に語る彼に一瞬当惑した。続けて「それとも、そんな時は東京にいる彼女をよんで彼女の車でいくか」と笑った。

武山総合病院には職員用、おもに医師、看護師、看護学生用の食堂に朝食と夕食はいつでも摂れるように食事が用意されていた。医師のために食事時間は、夕食は午後五時から翌日の朝まで時間制限はなく終夜裸電球がだだっ広い食堂に点っていた。朝食も夕食も質実剛健の会津にふさわしいメニューであった。

一食一汁一菜。福島の米は甘くお代わり自由であった。菜っ葉だけの具の味噌汁も漬け物三切れだけのお菜も、お代わり自由であったが堂嶋はお代わりした記憶がない。さて綿さんは椅子にすわるや箸をタクトのように振りながら、何時ものように盛んに口を動かし、めしを呑み込む合間もないぐらいにお喋り、和製ほら男爵の冒険話がはじまる。

自慢話

「中学から数学はできてね。高校ではさ。そこは毎年東大に七、八〇の合格者を出すのだけどね。そこでも僕さ、数学が得意でね。受験問題なんかさ、よく教師がぼくんとこにさ、綿貫君、この問題はどう解くなんて、よく解き方を聞きに来てね。それでさ、高校二年ぐらいでさ、もう東大の医学部合格を確信していたよ。高校二年の夏に東京駿台の模擬試験結果でも間違いなく合格を確信したよ。ぼく上から九番だった」

「九番かあ」堂嶋はいつの間にか箸を休めていた。

堂嶋の飯も、手術割り、当直割りなどの作業は、彼のほら話みたいな本当の話で何時も中断してしまう。

「おれ、本当は血を見るのは大嫌いでね。だけどさあ。どこでも勉強できる生徒にはさ、東大受験勧めるからさ。ああ、数学者でもよかったけどさ、収入を考えるとさあ」と間断なく話はこちらが忙しいとかで中止をきりださない限り終わりがない。

彼は他人に質問するより、まずとうとうと自分を語ることから接近してきた。相手の身の上話などの質問はしない。

「ぼくはさあ、東大に入るとさ、すぐにさあ、あの紛争でしょ、堂さんはさ、今の僕を見ては想像出来ないかも知れないけれどさ、演壇で何度も何時間もぶっ続けでアジ演説やったのよ。ああ、そうだね、ホントホント。信じられないでしょうね、ほんとだよ、僕はこう見えてもさあ。高校まではがちがちに真面目だったんだからさ。東大入学の時に詰め襟姿は僕だけよ。まだ学生だから詰め襟姿じゃないとおかしいと思っていたよ」

その音声を全く切れ目無く、人なつこい笑顔も連動してあたりに放射する。ただ、しかし、何度会話を交わしても話の終わりには事実としては信じがたいものが残った。

肝心の政治の話、思想の話は一言もなかった。

初めて信じた瞬間は一枚の金券だ。

研修を開始して数ヵ月の初夏だった。

盆地の会津の夏は厳しく日差しは廊下の隅々まで射し込む。現実に一度瞬間的にみせてくれた数十枚の馬券、アラビア数字のあとに0がずらりと並ぶのに堂嶋は瞠目し、頭の中で何度も計算した。その数字は彼の世界からは別世界のものであった。

ざっと計算してもン？千万円の馬券であった。

東大第二外科の連中に聞いても「さあ、どうだか、東大出は本当らしいよ。将来は入局するらしい形成外科教授の推薦も第二外科教授の紹介状もあったらしいし、彼は別格です。珍しいケースですよ」。

綿さんは戦後の生まれであの時代の分裂の底から突然に湧き出た宇宙人であった。

銀行馬券

「僕はさ。競馬競輪では二二勝一敗だよ。その一敗は今でも覚えているけどさあ。昭和四八年四月九日の競輪のレースだよ、堂ちゃん、知っているかい。そのレース、新聞にもでていたけどな。あれだけだな。負けたのは」

私はあとで帰省したとき、中学同窓生の競馬場のダフ屋に聞いてみた。彼は競輪も詳しい。

「それは史上最高二一六万三一八〇円の大穴レースだな、八百長という声もあったけどなあ。ゴール間際に数人の転倒があってな、それは事故とはいわないからな。レースは警官の守る中を成立したよ」

綿さんが病棟にいるときはその馬鹿話に看護婦の笑い声が絶えない。しかし、私はにこにこ顔の綿さんに時折、底知れない怖さも感じることが希だがあった。あれも春先だった。

「堂ちゃん、この休みにさ、皐月賞の券を買ってきたよ」。病棟回診を終えて医局に帰る途中、反対側の病棟から、歩いてきた彼がポケットをにこにこ顔でまさぐっている。

堂ちゃん、競馬券みたことあるかい。少し見せるね。

彼は立ち止まり、辺りに人気のないのを確かめて封筒から数枚のチケットの束をとりだした。にこにこ顔で、その一枚を私の掌においた。堂嶋が眼鏡を外して、顔にくっつけんばかりに凝視すると、すぐに、一目だけだよ、と笑いながらもさっと指を伸して、堂嶋から素早くその一枚を取り戻すや、すぐにまたポケットに押し込んだ。私たちの脇を内科の医師達が数人通り抜けた。

堂嶋はもう、馬券の金額を見たときにその数字が信じられなかった。綿さんの目を凝視していた。

綿さんはニコニコ視線で堂嶋の凝視に対応した。

「ね、わかったでしょ。全部で十枚あるよ。レースの配当が一〇％としても幾らになる」真顔で綿さんが問う。

「これが銀行馬券だよ。ある馬が何位以内に入ればいい、そういう馬券でね。確率と配当金は反比例するからさ。その配当は特定の馬がズバリ何位になるかという馬券よりは勿論すごく低いけどね。でも掛け金を増やしていけば馬鹿にならない配当金だぜ。今度、僕が賭けたのはローセイコーだよ」と言い捨ててから綿さんは足取り軽く立ち去った。皐月賞をポケットに入れてだ。

春のそよ風はいつも希望を運ぶが平等ではなく人を選ぶらしい。ミューズは均等ではないようだ。

皐月賞で綿貫の予想通りの結果にローセイコーが走り抜けたとき、医局のテレビで部長と観戦していた堂嶋はもう一つの遠い世界にゴールした。「堂嶋よ、どうしたのだ、急に変だぞ」と上田外科部長が不審げに彼に訪ねた。顔が火照るのを自身感じていた。事実、堂嶋の顔は茹で蛸のように真っ赤に染まっていた。馬がゴールした一瞬に綿さんは一〇〇〇万円の配当を確実に手にした筈である。

幻滅

彼の偶像が落ちた時もある。

綿さんと組んだ血管造影検査が終わり、回診の時に病棟まで訪ねてきた綿さんが血相変えて堂嶋に問う。

「堂ちゃんさ、僕の時計知らない。腕時計だよ。検査の手洗いの時に外して近くの棚に置いといたと思うけど、今みるとないんだよ。堂ちゃんが見つけて持っているかと思ってさ」

「いや、気づかなかったよ。どんな時計なの？」

「ロレックスだよ。ロレックスだぜ。堂ちゃん」

堂ちゃんはロレックスという名前を初めて耳にした。当然その価値は知らない。

「シルバーかステンレスベルトのややごつそうなぎざぎざの放線冠のある時計だったかな」

「そうだよ。見つけたら頼むね」

綿さんは、病院中のあちこちで頸を床にくっつけたり棚の下を覗き込んだり、あちこちの引き出しを開けたりしてその時計を一週間近く探していた。堂嶋はやや呆れて「新しいのを買えば」と持ちかけると、

「五〇万ぐらいするんだぜ」

堂嶋は、少し驚いたが、かくもモノにふりまわされているのでは案外とたいしたことないな、キャデラックの値段もおおよそ推測がつくわい、となにやら安堵した。

時計は一週間ほどで誰かが保管していたのが届いた。

嬉しそうにロレックスという名前の時計をなで回している彼の無邪気な顔を見て、堂嶋は、「綿さん、東京の上野、御徒町(おかち)ではさ、偽時計ばかり売ってる店を僕は知ってる。二、三千円ぐらいで買えるから探して僕プレゼントするよ。綿さんならそれはめておくと誰も偽物とは思わないさ」とトドメをさした。彼はにこにこして「ああ、頼むね」と返してきた。

追憶の日

六月に入り間断なく続いている目黒川の緑の桜並木を濡らしている驟雨がもう数日になる。梅雨の午後

も遅い時間、目黒の喫茶店ルノアールのテーブルに綿貫達は一杯一五〇円のコーヒーを置いたままもう何時間も黙り込んで座り込んでいた。

安田講堂が落ちて半年。その三階に立てこもった学生のうち四人がいた。彼らの共通項は親からの勘当である。

もう一つの共通の案件。腹が減った。これからどうしよう。綿貫の他には松平が法学部、立松が経済、文学部の斉藤が小さなテーブルを囲んで鳩首会議をしている。

喫茶店にコーヒー一杯を注文して四人で集まるようになり、もう三日目になる。

リーダー格で安田講堂攻防戦では度胸が証明済みの松平が「みんな、いまポケットにある金をまず、全部出してみろよ」。

一個しかないコーヒー茶碗をテーブルの脇によせて、松平はまずコートのポケットから紙幣と貨幣をジャラジャラと投げ出した。その音は最初は侘びしげに、しかし次第に歓喜の叫びを上げた。小さなテーブルは広大な西部の荒野に変わる。コインはいつのまにか金貨にかわり、その音に目が覚めたように三人がそれに続いて全財産を投げ出した。通帳残高はみんな零であった。「まず、みんな二〇〇〇円だけとっとけ。それで一週間を食いつなげ。一週間後に集まるぞ。あとは俺が考えてみる」。

「松平君の実家は新潟の地主だったよな。名案があるのかい」と山形出身の立松が問う。

「うん、しかし、勘当の身だぜ。親父じゃなくて叔父にあたってみるよ」と若白髪の松平が静かに椅子から立ち上がった。

一週間後の金曜日深夜。彼ら全員がトラックの荷台に乗りこみ裏日本に向けて国道を迂回して避けながら夜通し走った。早朝、人気のない田園でただ同然で米、柿、栗、野菜を手に入れて、夕刻から深夜に渋谷で売りさばいた。

闇屋、露天商は儲かった。商品も天気予報をみては長靴や傘、雑貨品など盛んに変更し繁華街の路上に並べて一、二時間で値段も当然変更して全て売りさばいた。場所も新宿、原宿とあちこちに移動した。

面白いように儲けた。ある日、やくざ二、三人がきた。

綿貫は彼らの姿を眼にしたとき、心臓が凍りついた。

その時も松平が対応して三人は彼の度胸にはつくづくと感心した。あとで綿貫は知ったが、彼の祖父は維新の志士で有名な明治の政治家であった。

安田講堂攻防戦でお世話になった松崎の名前を出して、叔父が警視庁公安課の松崎だ。そこの公衆電話で○○に電話するぞ、などとも云った。「案外、チンピラは権威に弱いね」と綿貫が呟くと「いや、俺たちが東大で警察とやり合ったことが見逃した一番の要因だな」と表情を変えずにタバコの煙と一緒にはきだした。「今日は退散したけど、この手は一度きりだよ。また来るだろう。カネも出来たし、会社にしようよ。オレにやらせてくれ」と立松が提案した。

あの雨の午後から一年後に会社を設立してみんな重役に納まった。儲けた。綿貫は松平の提案で購入したキャデラックの運転手役を引き受けた。

三年後に社長の松平が二畳ほどもあるデスクを前に深く腰を下ろしている。商売いや事業は順調に進んでいた。儲けた。

彼は改まった調子でみんなを見回して「集まって貰ったのは他でもない。今が一番いいときだ、別れよう、それぞれ独立しよう。おれは大学には戻らない。綿貫は前から主任教授から電話があるらしいから、考えてみるのも悪くないな」。

みんなはそれぞれの道で独立した。松平と文学部の斉藤以外は結局、大学に復(かえ)ったのである。カネは松平が四等分して分配した。十分な退職金で卒業までの学資、生活費にはおつりがくると思った。余った金は遊行と麻雀賭けに使いさらに増えた。

「その時、僕はあのキャデラックを只で貰ったわけだ。将来の職業については僕は考えたさ。金はもういい。人のためになることやりたいじゃんか。

それにさ。放浪しているときも、何度か主任教授から帰って来いと電話があった。

僕は退学にしてくれって事務にも教授にも伝えていたが五年たっても在籍していた。教授会であの当時は一部の例外を除いてそういう措置がとられたとも聞いたけどね。

商売ってさ。結局、駆け引きとだましなのね。医者だと人の為になるでしょ。で、大学に復ったよ」

「ああ、形成外科って大事だよ。それにさ、内科、外科だと大変でしょ。僕はさ、銀座にもよく飲みにいったけど、そのほかにも、麻雀で知り合ったホステスなんか、いろいろと付き合った女は多いからね。美容形成術の需要がいかにあるのかは肌身で知ってるよ」

「数学の天才であり、女にももてて。007よりいいね」

「そんなにでも、うふふふふ。数学的頭脳でさ、休学している間に麻雀おぼえてさ。だいぶこちらでも稼いだよ。でも、怖いこともあった」

名人

懐かしく遠くを見つめて綿貫は喋る。

もちろん、会津に来る前の話でね。彼らと別れる頃だったかな。露天業商売はさ、夜は暇でしょ。随分といろんな人と賭け麻雀をやったよ。麻雀は大学に入るとすぐに覚えてね。紛争の時もよくやってたよ。めきめきと腕をあげたね。最初は普通に馴染みの麻雀屋でやってたけど、つよくなるといられなくなるよ。店の主人にある時やんわりと出入りを断られてさ。

あとは山手線をぐると回り終わり、東京中から千葉まで点点として麻雀放浪記ですよ。店の主人に断られる前に、二度と同じ店には行かないようにした。

噂が広まると相手が見つからないからさ。下手するとみんなから袋だたきになるわ。いや、イカサマしなくてもああいう所は言いがかりつけられるからね。

麻雀でつよいなんて噂振りまいてさ、そりゃあホントのプロじゃないよ。新聞の評論している○○よりオレ強いよ。原稿料より実戦で稼ぐのがどれほどのものか。数十万から数百万よ。一晩でさあ。本当の上手は有名になんかなっちゃあおしまいよ。

ただし、そっと上手に稼がないと。いきなり勝つことよりはまずカモを見つけることが大事なわけよ。カモになりたい。そういう人達もいるのよね。金取られてもゲームに興じたいのがさ。

オレは素人が一人でも麻雀に入ってるのが最高にいやなんだ。だってさあ。彼らは何するか読めないいんだもん。それで狂わされたことが何度もあるよ。

僕は相手の手も勿論自分の手も必死に記憶し数学的に確率を計算し、を繰り返しながらやってるジャン。僕の勝ちは不思議じゃない、必然なんだよ。

金を稼ぐより賭けそのものが好きな人種もいる。

水商売の女の子なんか、せっかく稼いだばかりの金を惜しみなく使う。一晩でばんばん使う。持ってるカネ全部使うからね。

そんな娘の一人が、あんたつよいわね。今度あたしの友達と一度打たない。彼もとても強いのよ。

約束の日に港区にある彼女のマンションの高層階の部屋を訪ねた。彼女に教えられた偽名を告げると管理人はあっさりと案内してくれた。

女の子らしい面は感じられるが、また世間からはかけはずれた豪華な世界の室であった。

既に炬燵の卓を囲んで彼女の他に中年の商売人風の男二人が陣取っている。一人はでっぷりと太りニコニコした浪速の漫才師に似ていた。もう一人は六〇歳過ぎの小柄でやせ形、でやはり少し志村けんに似た男であった。

おれ、暫くやってないけどよろしくお願いいたします。

終わってさ。太った漫才師が、なかなか強いですね。はいこれ、と内ポケットから封筒をポンと僕の前において、美香、じゃあ、学生さんとゆっくりしてくれ、あのジョニ黒を開けていいぞ、といって二人とも直ぐに立ち去った。じゃあ、と僕は笑いながら挨拶したが、しかし、頂きますの言葉はぐっと飲み込んだ。僕の足は炬燵の中でガクガクしていた。震えを必死にこらえていた。だってさ、その白い封筒の厚さは二、三センチはあったんだ。帰宅して封をきるとやはり三〇〇万円入っていた。もしも負けていたら。

それから、麻雀からは暫く遠ざかった。

彼は今もその時、顔は笑って足は震えて震えてを思い出す。炬燵は見るのもいやになった。その筋の人と知っていたら何時ものように打てるだろうか。

命がけの勝負を綿貫はしない。

綿さんの結婚

堂嶋がナースセンターの隅の長椅子で二人前を食い終わり一息ついて、次のざるそばに手をかけながら、眼の前でタバコをふかしていたハナちゃんに「さっき噂が少しきこえたけど誰が結婚するんだって」

「ああら、知らないの、先生の仲良しよ」

「綿さん。綿貫先生よ」

私はざるそばを持ち上げた手を止めた。綿貫が結婚するって。そんな筈がない。

「彼は東京のガールフレンド、数年来の付き合いだというホステスに結婚の約束をしてからここに来たはずでしょ」

「でも、間違いなく結婚するのよ。山口部長に結納するからって二日間休みをもらい、板下町にいってきたそうよ」

「板下に行ったのだとすると」憮然として問うと、「もちろん、相手は理恵ちゃんだって」。私はまたもや仰天した。

日本最後の秘境とも言われる東洋有数の巨大ダムのある村出身の吉村理恵は看護学校卒業二年目の清楚な女性であった。美人のわりには目立たず、大人しいが良く気がつくと患者さんからの評判は抜群だった。

「ひとみちゃんじゃないのか」

「鈍いわよ。わかんないの、最近も痩せたのが」

あっとおもった。なるほどそういえば、いつも綿貫と馬鹿話してはしゃいでいたひとみの口数が少なくなった。

綿貫が結婚するらしいという話がちらほらと出たときは、てっきりみんなひとみが相手と思っていた……。

その時に彼がニコニコとして病棟に現れた。

中古マンションの値上がりも凄いけどさ、株も凄い。平均株価が四万円を越したぜ、と告げるともなく告げた。

「堂嶋ちゃん、株やる気ある。教えるよ」とにこにこしながらセールスマンになり勧誘する。カネがあるなら任天堂がいいよ。彼のカネは数百万から一千万以上であることを指す。

堂嶋先生。ねえ今、カネ持ってるかい。カネがあるなら任天堂なんか最高さ。いやいやトランプから今度ゲーム機に転換するらしいぜ、社長はなかなかのやり手だぜ。間違いなくあがるよ。

と生活感がないが夢と希望のある話がはじまり、辺りは楽しい笑い声が渦巻く。

その雰囲気を壊すのもかまわず、堂嶋が詰め寄るように問う。

「綿さん、結婚式には誰も呼ばないんだってね。残念だな。理恵ちゃんの花嫁姿を見たかった」

「まず、東京に帰ればデカイ会場を用意してちゃんとやるよ。今は外科修行の身じゃないか。その時は堂嶋さんも呼ぶからね」

またも、すぐに、信用させられた。堂嶋はその後、病院に一年近く勤務した後に去ったが、その時も今も、式をあげたかどうかその噂も聞かない。

破綻

最後の会津の春だ。手術着から半袖の夏白衣に着替えていると外来から電話があり、黒光りの亜鈴(あれい)型の電話器からいつものキンキン声が届く。

モシモシの一句だけで堂嶋は耳鳴りがし、心臓が高鳴る。やはり、盲腸らしい小学生が今受診したと外来看護師の美枝子さんに呼び出された。

美枝子さんの診断は侮れない。やや、急ぎ足になる。

西日の差し込んできた夕刻の外来に急ぎ足で向かう。

途中の総合外来を横切るとき、大型テレビからアナウンサーの金切り声と民衆の地鳴りのような音響が響いてくる。

ハイセイコーが三冠馬に挑戦する日だ。画面を一瞬、すばしこく黒い影のような一団の獣たちが風のように走り去る。

凄い歓声が爆発する。本命のハイセイコーは勝った。

アナウンサーの金切り声が日本史上初の三冠馬の誕生を告げた。

外来患者受け付け終了時間だというのに、ギッシリ待合室を埋めた患者兼観客から歓声が呼応する。堂嶋も、時代を創る馬、時代のシンボルに酔った。

しかし酔ってない男を一人、ぽつんと遠く人混みから離れた廊下の隅に見つけた。

「綿さん、どうだ、銀行馬券で儲かったかい」

案に相違して彼はニコリともしないでくるり反転し一言も言わずに去った。顔は真っ青にして。

一瞬にして三〇〇〇万円をすった時間の記憶を残して。

終章

綿さんのそれからについて記さないといけない。

あれからもう四〇年になるこの頃は、彼の高校生時代からの話やらなにやら全て嘘ではないかとも思う。全て虚無と言い換えてもいい。彼の噂はときおり人づてに聞く。

彼は外科修行に本当に身をいれていたかどうか、命を賭けていたかどうか。いつも微笑を絶やさず廻りには笑い声の絶えない男は、仕事では真剣なところがまるで感じられなかった。

いや彼の名誉のために訂正する。彼が手術の助手を務めだした頃やオペラツールになり始めた頃、あまりにもがちがちで緊張しているのに堂嶋は驚いた。にこにこ顔はその時、苦渋に満ちていた。メスを握っていた彼は可哀想なほどにがちがちに緊張して、その顔はときどき真っ青だった。

あれはバブルの頃だった。堂嶋は銀座で彼にそっくりの男が赤いキャデラックに女と乗り込むのを見た。

遠くから見たが明らかに女は理恵ちゃんではなかった。

開業したものの、その直後にぽっくり死んだという噂も聞いた。死にそうにない男だったので堂嶋は本当には出来ない。

死んだとすれば、理性に生き統計学を存分に活用して生きた綿さんは、最後には偶然に殺されたのである。統計学から導き出される、必然性で人生はなりたっていない。宇宙は必然でも人生は偶然性である。

井上靖の小説に「あすなろ物語」というのがある。あすなろの木は、明日は檜の木になろうと一途に頑張るが永遠になれない。あすなろうとしてなれたらとたんに人生はつまらなく、自殺を人は選ぶだろう。綿さんにもいくら修業しても成れないものがあるのである。

堂嶋は綿さんのおかげで代理の人生が楽しめた。

書物は偉大な小人物をつくり、人生はすばらしい偉大な俗悪の大人物をつくる、と宣ったのは寺山修司だったっけ。

教室は教養という椅子を用意するが、個人の体験は読書よりもさらに人間の想像力を越えて、世界を創造する。勉強のための勉強は空しいが、あの戦後の分岐点の日、その日その日を生き延びた綿さんの話。何の目的のない綿さんの講談は私を沢山の別世界に運んだ。

あの日の馬はもう来ない。

修行に関する私の話はこれで全部だが、綿さん外伝にもならない。その要約、書物の補注みたいなものになった。


（二〇一三年）

医者殺し

初夏の高知に帰郷して初鰹を食した。五月に高専時代の同窓会が開かれて、懇親会で鰹がでた。五月と初鰹はきってもきれない。昔は女房を質においても○○だけは、といった表現が当然のようにされていた。代表が初鰹である。

私の実家は料理屋で皿鉢（さわち）料理とともに初夏には鰹のたたきをよく出していた。まるまる一匹を、幅一メートルをゆうに超えそうな巨大なヤツデのような鉄製スマタに載せて、庭に山のように積み上げた藁に火を付ける。天を焦がすような火炎が夏空にあがる。その中を四、五回くぐらせてさっと焼く。このご時世ではそんなことをする料亭はなくて、今はガスコンロで焼いているが、いずれも表面だけの半焼きとする。その鰹をやや厚めに引き、これもドラのように大きな皿鉢に載せて、ニンニク、ショウガ、新タマネギ、万能ネギ、刻みネギ、シソなどをまぶし、とんとんと叩いてから皿鉢にもる。「たたくからタタキと言うがぜよ」と叔父は顔中に吹き出る汗をぬぐいながら教えてくれた。最近はゆずも使う。その頃は酒盗もつくっていた。三代目になる爺さんが「ああ、酒盗はな、鰹の塩辛というようなもので、鰹の胃と腸を塩に漬け込んでつくる、土佐藩一二代目の殿様が命名したそうぜよ。これを肴に酒を呑むと盗まれるように酒が消えて行くとかいうがホントカネ」。

同窓会では最近はやりの塩タタキがでた。もともとは漁師が食したようで、これは鮮度がよくないとまずい。

さて、本題だ。鰹の刺身やタタキも旨いけれど、お刺身をとった残りを甘辛く煮付けて、鰹の中落ちをぶつ切りにしてショウガの薄切りと煮込む。この汁を味わった後もこれを捨てないで、最後に熱湯を注いで飲む。

母は「医者殺しというのだよ」と教えてくれた。これを飲むと体が丈夫になり、お医者さんが干上がるのだという。幼児の私は目を丸くして息をのんだ。

後に関西の友人は「三重県でも似たようなものがあってなあ。三重では医者いらずとか医者殺しといったな。関東では骨湯というらしい。三重県ではイサキを使う。これを煮魚にして、この食後の残骸に熱湯を注いで、主に晩酌の肴にするのだ。これを飲むとホントに医者はいらないよ。それから味噌の医者殺しなんていうのもある、味噌は滋養があり、それで味噌の医者いらずという意味なのだけれど」と教えてくれた。

グルメグルメという世間にホントに旨いモノはどこにあるかを書いてみた。

書いてしまった今になって本当に後悔している。


（二〇一五年）

注射

先日、北の湖が亡くなった。その発言を視聴したことがある。「私は現役時代の相撲は全部覚えていますよ」と。

昨日、オウム真理教信者であった女性が無罪となったことを報じていた。彼女に対する、既に有罪確定している元教団幹部の証言が不自然に詳細で信用出来ないとして採用されず、一審の懲役五年から一転、無罪判決の一因となった。

しかし、些末なことを憶えているのは不自然だろうか。私は昔から「君は下らんことをよく覚えているね」とよくいわれたものだ。

人生の記憶は不思議なものだ。機械的なデジタル媒体記憶となると、私は最初のマッキントッシュSE・13パソコンを購入したときに、4メガバイトのメモリーを二万円出して付加した。そして二五年がたち、4ギガバイトのUSBを一〇〇〇円で買える時代になった。半導体メモリー容量は二〇年間で千倍になっているという。質的にも飛躍的発展を遂げてまだ限界はみえない。

しかし人間はそうはいかない。私は高齢者になり神様が決めていたように側頭葉から記憶がどんどん消され、新しいことは何一つ憶えられなくなってきた。しかし、忘れ得ぬ人々の記憶は消去されることはない。これから書く話が下らんか下るかわからないが、冬になると何故かその夜をよく思いだす。

私は三〇年ほど前の夜、福島県会津盆地にあるT病院の当直室の机に手持ちぶさたに腰掛けていた。雪のしんしんと降る深夜であった。戦後まもなく建設されたバラック作りの、やたら広くて冬は寒い当直室で内科医と相対して座っていた。数人の看護婦と事務員が少し離れてストーブを囲み世間話に興じていた。ちんちん鉄瓶が湯煙を上げている。

その病院はベッド数が一四〇〇以上あり、やたらとでかく、あちこちに精神科や内科の病棟がアパート群のように建てられていて、それらを窓から眺めると東京都の官庁街にいる気分になった。

夜間救急外来の奥に専用の鉄パイプベッドが六つ。その夜はそのうち三台が点滴をしている患者を乗せていた。感冒の小学生と腹痛、肺炎の老人。彼らは深夜零時を回ってから帰宅させることになっていた。

救急外来は通常夕方五時から翌朝八時まで四人の医師で担当した。五時から深夜零時までを二人で診療し交代、一夜に平均七〇～八〇人が押し寄せたが、その夜は例外的に暇な夜であった。

卒後まもない内科医は、一歳の子供が泣いて寝付かないので連れてきたというお母さんと、その背後にいる大勢の親戚を相手に長いムンテラをしていた。「お母さん、どこも何ともありませんよ」「だげんじょ、ほんとになんともないべかあ。突然、まるで火がついたように泣きだしたのすべ……」。私はその子の診察が自分でなくてよかったとの思いと、彼への同情が最初にはあったが、何時までも説明している若い医者にだんだん腹がたってきた。

その土地はその当時でも往診の際は、芸者と同様に家に医者を上げると表現した。開業医でも大病院でも患者として門をくぐったら薬を貰わずには帰らない、診察の話だけに金払う馬鹿がいるか。まあ、情報はこの国では今でもタダだが。

執拗に薬をくれという患者には○○の胃腸薬を約束処方することが医局会の内規だったが、新任の彼は知らなかったのだろう。

患者が途絶えて零時ちかくになった。「先生、少し早いですが今のうちに日誌に記入をお願いします」と婦長が声をかけてきた。私は引き出しを開けて大学ノートに「太郎が眠りて太郎の屋根に雪降り積む」と一行、次の行に「次郎が眠りて次郎の屋根に雪降り積む」と書き込み、元にしまった。まもなく当直室に下がり眠れる。その時だ。婦長が「黒川先生、あの人が、また、来ただすべよ」と眉を八の字にひそめ視線を入り口に向けた。五〇代過ぎで、黒いほお骨のとがった顔一面に顎髭をススキの如くはやし、長靴履き、薄着の労務服の、救急外来しか受診しない、病院中誰一人知らないものがいない男が窓口に見えた。

「日本刀は?」と聞くと「ドスはもっていないようだす」と受付事務員が小声で応じたので「じゃ、僕でよければ」と私はにやりと笑みで返した。そのやりとりを聞いていた内科医は「じゃ、お願いします」と安堵の表情で頭を下げるや、さっと立ち上がり当直室のベッドに向かった。二、三分して辞書のように分厚く黄色く変色したカルテがまず私の机に運ばれ、少し遅れて彼が診察台に座った。

私はもうだいぶ、眠たくなっていたので、単刀直入、「いつもの注射だね」。「ああ、お願いします。先生。なにせ先生の注射が一番よく効いて、注射、前みたいに頚からお願いしますよ」と彼は右の襟を拡げ痩せた胸に太鼓橋のように盛り上がった鎖骨を出した。

もう一、二年の命かな、と思いつつ、「まあ、そこからは最後の手段だよ。肺臓を突き刺したり、間違って頚の太い動脈を刺したり、薬が間違って入ったら大変だ、死ぬぜ」といいながら、婦長が手早く用意してあったアンプルを貫いながら彼の目前につきだした。「モルヒネは危ないから今日はこれだ。見たように間違いなくソセゴン三〇㎎だよ」、そして私は細い黒のボールペンでカルテの最終ページにソセゴン三〇㎎と書き、彼に顔を向けて麻薬は赤で印しておかないとなあと、彼に聞かせるように呟いて赤鉛筆でその文字を丸く囲んだ。それを凝視している彼に向き直り「ではシャツもズボンも脱いで横になってください」。そして次の儀式に移る。厳かにしげしげとまず彼の両手首から上腕までの静脈を探す。「ないねえ」「では足かな」と同じ行為をゆっくりと繰り返す。両足から大腿部までも感心するほどに細くて、その皮膚は松や杉木のようにざらざらと厚く硬く、一面に灰色で冷たくて血管はまるで見えない。見えても防護壁の皮膚に注射針がたたないのは大分以前から看護婦が泣かされてきた。

「しょうがないねえ。では」と私は一〇センチほどある長いカテラン針を持ってくるようにいう。いそいそと右の鎖骨を突きだしている彼に針を刺す。どっと黒い血が注射筒に逆流してきたのを見て、薬液をゆっくりと押し込んでいく。

「どうですか、そろそろ体中がポーと暖かくなってきただろう」「ああほんとだ。すごく気持ちがよくて、ああ眠たくなってきた」とそのまま彼は半時ほど眠った。

彼が去るのを見届けてから事務員が持ってきた先ほどと寸分違わないが、表紙は真新しいカルテに私はsame symptome、生食水二〇ml静注と記入した。

フランスに「これを信じて水を飲め」という信仰に纏わることわざがある。当直で彼に遭遇する度に何度か、私が彼に注入した二〇ccばかりの生食水にどの程度の効能があったのかは知らない。私は機会があれば、それを確かめてみたい気もあり、方法も考えていたのであったが、彼はそれから一年経たずに死んだので、もはや確かめようもない。彼の頭にはその夜、雪と共に白い粉も降り積もっていたと思う。一〇年以上、院長を悩ませた麻薬中毒の男は暴力団幹部であった。私の行為は医療といえるものであったのかどうか、私自身、三〇年以上を経た今もわからないが鬼手仏心とはまるで遠かったことは確かだろう。そして、彼は私に騙されたふりをして後でゆするつもりでいたのかもしれない。ただ、私は彼がいつ兎から狼に変わるかとひやひやしたことは一度もない。カルテが、私を守ってくれることを知っていた。

その病院では二重カルテを必要とする患者がもう一人いて使い分けていた。

何が嘘で何が本当のカルテかなと今、日記に書いた。今年はどんな忘れ得ぬ人々との出会いがあるだろうか。楽しみだ。

（二〇一六年）

あせめて、おそばに

プラットフォームの売店

私は高知県の出身である。日本一の清流と国土省水質認定を頂戴した仁淀川源流の山里に育った。実家では夏によく湧き清水に浸したソウメンを啜った。

松山の五色ソウメンを秘伝のおつゆに新鮮なネギと生姜、みょうがを入れズルズルと啜りこむ。夏の午後、築山の蝉の大合唱は時折、南国特有の夕立で中断した。池の鯉を眺め家族、親族とわいわいとソウメンを啜っていた記憶は暑くもあり冷たくもある。今では彼らの多くは鬼籍に入っている。

どこの何が美味いというのは旅の楽しさであろう、しかしこれはある程度、懐に余裕、旅にせかされない時間のある人々の話である。学生時代の私はそうではなかった。

大学休みの帰省の頃、当時の私にとり、高知—秋田間の帰り、秋田市への旅は四国山脈山奥の乗り合いバスから始まる。土讃線の大歩危小歩危を越える汽車、宇高連絡船、岡山からの新幹線、夜行列車の「日本海」と続くまる一日の道中。峠の阿波池田駅のうどん、高松で冷やしうどん、冬なら舌をやくような熱いうどん、宇高連絡船デッキの腰のつよい掛うどん、瀬戸内海の潮風に吹かれてのうどんは学生時代の旅の友だった。

懐の乏しい旅を重ねるうちに子供の時は好き嫌いが激しかった私は雑食種になった。

新大阪駅では辛子のきいたホットドッグをほおばり、缶ビールを買い求めて夜行列車に乗り込む。大勢の関西への出稼ぎの人々とはよく短い時間声を交わした。私は慣れない最初のうちは最上段のベッドを選んだが、すぐに一番下を選ぶようになった。深夜にはカーテンがそっと揺れて、金沢や新潟、山形と一人二人が下車した。

今ではあの旅のあわただしい食事は美味を越えた追憶の味である。

蕎麦で一杯

もう大分前の昭和から平成に移り変わっていく頃だ。バブル期の夏、私は盛岡から東京に向かう新幹線になんとか間に合い、汗びっしょりで飛び乗った。デッキから扉を開けると車内は満席であり、グリーン車だとすぐに気づいた。同時に車内の異様な雰囲気とある座席の二人が瞬間的に目に飛び込み、小さく心でアッと思い、すぐに私は犯罪者のように反対方向に体を反転して逃げた。

その一、二週間後にたまたま週刊誌F（この雑誌はプライバシーを犯すこと頻繁で、すでに廃刊になっている）に一枚の写真が掲載されたのを医局のテーブルでチラリと見た。

その記事では盛岡から東京へ向かう夏の新幹線で、偶然に乗り合わせたという山陰地方出身のT首相と岩手県出身のO議員―後に与党の幹事長を歴任した―がなかよく並んで座り、背もたれテーブルにプラスティックパックの一口程度の蕎麦と一合瓶の清酒をおいてなにやら真剣な顔で話しこんでいる。それが二ページ分の特大写真で掲載されていた。このあと政局は混迷する。

日本酒は蕎麦でいっぱいというのが粋の極みらしい。私はその写真を見たせいかもしれないが、どうも今に至るまでその気になれない。

今の私の夏一番は盛り蕎麦である。

福島県で日本蕎麦の魅力に目覚めた。会津若松市や郡山市で全国的にも蕎麦のうまい店が沢山あった。磐梯山ゴールドライン途中にある小さな農家の蕎麦を食べに、休日に何度もドライブして出かけた。しかしながら残念にも大体その店は本業は農家で、週に三日ほどしか開店しない。午前中に売れればすぐに店は閉じていた。その店のソバはついに味わえなく幻の蕎麦になった。

私の旅は平成時代に入ると専門医の学会参加が、例の点数稼ぎのために多くなり、まだ「そば道」には縁遠い頃に、神田のやぶそば、浅草の並木藪蕎麦、池之端のやぶに上野の蓮玉庵に入ったことはある。それらは偶然で、ほとんど学会出張なんかで上京して出かけた折の昼休み、長蛇の列が出来ている中をやっと暖簾をくぐれた店が由緒あるお店であった。そんなことは露知らず、満席の喧騒の中でかき込んで味はまったく記憶にない。まあもちろん筆者にはそばを極める味覚は持ち合わせていないが……ああ惜しかった!!

私は昔から大食いで、盛岡のわんこそばなどは学生時代や研修医の頃にゲーム感覚で口にほうりこんでいた。今は反省している。

三種町の施設に来てから津軽蕎麦を味わう機会が増えた。蕎麦は東日本の長野、長岡、山形、西日本では出雲が有名で大体体験した。今ではコロナウィルスのご機嫌次第だが、出雲は年末に行く予定で楽しみだ。

ともあれ、うどんも蕎麦も麺類は腰の強さがしゃっきりしないと頼りなく、口に入れてぐったりと伸びきったものだと落胆する。

しかし例外もある。海外から帰国の途についている機内食の蕎麦がそれで、全日空の欧州から日本への帰国便には日本人用に可愛く小さな器に盛られて「蕎麦」がそっとついている。

これはたとえ伸びていようが盛られた量が雀の涙ほどであろうが、美味くて涙と共に帰国を安堵するその瞬間だ。

外国生活の長い方も同様であろう。S病院勤務時に私は身の程知らずにも秋田県南放射線後援会などという会を主唱していた。

ある年の夏に十数年間にわたりアメリカのM大学放射線科診断部に助教授として勤務していたT先生に大仙市で講演をして頂いた。

講演の後の懇親会で稲庭うどんがでた。

それをみた彼は「日本では音を出していいから、ホントに嬉しいですね」と満面に笑みを浮かべて蓋をとった。同時にどおっと座が和み、一斉に一心不乱の啜り音が天井に響いた。

二度ほどニューヨークやカルフォルニアに留学している方に、それぞれ冬にきりたんぽ鍋を送ったことがある。これは大変に喜ばれて留学中の仲間もご相伴にあずかったそうで私も後でそれをきき嬉しかった。

日本の伝統と芸術

ノーベル化学賞受賞者の福井謙一先生によれば、蕎麦は日本文化の簡素を代表し、また奥深さは料理芸術の粋だと断じている。私はそこまで感動的ではないものの、カリリと揚げた天ぷら、程よい硬さの蕎麦、たっぷりとしたつけ汁、それがタイミングを外さずにでてきたときは、私も先生同様に幸福を感じている。江戸っ子のソバの食い方は蕎麦のはしにちょっぴり汁を付けて一気に吸い込み噛まずに飲み込むものだそうだが、もう、この年になると誤嚥窒息死しそうで私はやらない。

なによりも蕎麦は安い。私は貧乏性で寿司なんかは銀座の店に入ると、お任せの値段が気になってしょうがない。蕎麦は何杯でも気軽に注文できるのがいい。

仏料理や中国宮廷料理にあるような過度な装飾性はなく、なんの小細工もなく、特別な日や場所で食するのでもない。少し誇張すれば品はよくないかもしれないが、独自のにおいはしっかりとかおる日常茶飯の簡素な常食である。

当地にきてから、私は奥羽本線の大○○駅の近くにある蕎麦屋さんの○澄（ここの主人は大の阪神ファンである）は、ソバ屋にしては店内はだだ広く、壁の一角には潟上市出身の著名な水中写真家の中村征夫さんの写真パネルが飾ってある。私は写真いっぱいに拡大された、でかいアンコウの不気味な面とにらみ合いながら一口一口すする。

いつものように大盛ざる代金千円をレジの前に置きながら「どうですか、相変わらず賑やかで繁盛ぶりはいつもと変わらんようにみえますが」すると、団塊世代で私と同年の女性は、「いやあ、やっぱり新型コロナウイルス感染症の影響はあるよ、だめだあああ……」と一見暗そうな、本当かどうかわからない表情をチラリとつくり、難波人のような返事を毎週ごとに返してくる。

能代市に所用がある時は必ず老舗の蕎麦屋さん○庵に寄る。国道に面した支店の蕎麦屋さんだが、よくジャズを店内に流していてこれが不思議によく合う。

天王グリーンランド天王スカイタワーの一階にある蕎麦屋さん、週末には行列の出来る繁盛ぶりで、お品書きにはそっと「蕎麦はつるつるかめかめ」と記してある。

ソバは日本人のみの食物ではなく、世界的規模を持つ。中国北京や西安のホテルに朝食時によく出されていたソバは、日本のラーメンとは全く異なるもので、あっさりしてとても美味だった。シンガポールの世界最大の屋台で食したソバも忘れがたいが、紙幅が尽きたので閉筆する。

Ⅲ　旅の風に想う

松山城ともう一人の漱石

この夏「松山や秋より高き天守閣（子規）」の松山城に登り「秋高き城に登れば石鎚が（柳原極堂）」を眺望した。四国は松山の入道雲は霊峰にも瀬戸内海にも一面に湧き出していた。石槌山麓生まれの私は、城も霊峰も数十年ぶりに眺めて感慨深かった。この旅では思いがけない体験をした。そのことを書く。「春や昔十五万石の城下哉」と子規が詠んだ松山市に、私は馬齢を重ね重ねて齢七〇年近い人生で二度目の訪問を果たした。一度目は二〇歳の時で私が初めて高知県を出た旅でもあった。

七月の猛暑に介護老人保健施設全国大会が四国松山市で開催されるので、私は年ごとに重くなる腰を上げた。しかし旅の前に気象観測史上、未曾有の豪雨と洪水に秋田県仙北、横手地方は襲われた。単身赴任先の横手市に住んでいる私も例外ではない。その前日にライカのフィルムを現像に出すために、カメラのキタムラに入ろうとしていた。車のドアを開けて出ると、とたんに耳をつんざく数万の小豆を天から降らしたようなザーという音と、駐車場に叩き付ける痛さが感じられる豪雨に一瞬にしてずぶ濡れにされた。辺りは一面コンクリートから跳ね上がる水しぶきで真っ白で何も見えない。私は昭和五〇年に郷里の土佐で県内だけでも死者一〇〇人におよんだ台風五号を体験していて、その時の状況に似ていた。

暫くは店で雨宿りをさせてもらい小やみになったところで店を出た。帰りにはボンネットから上がるしぶきと窓ガラスに流れ落ちる滝で前は見えず、ワイパーがかき消す一瞬を凝視し、目を皿に見開き、ようやくマンションに帰った。恐怖を覚えたのはその時くらいで、幸い直接の被害には遭遇しなかった。

翌日、早朝はいつもより一時間以上早く家を出たが、道路決壊のために空港への道中は何度かの迂回を余儀なくされ、なんとか便に間に合った。

秋田空港から名古屋中部国際空港、そして松山空港と乗り継ぎ松山到着は深夜になった。

松山にて

松山駅は構内も駅前の広場も半世紀前とおなじ佇まいだった。ネット検索で印刷したホテル地図は大雑把なもので、雨の闇夜に探すのは骨が折れる。駅の窓口で道順を聞いた。「それじゃったらすぐ近くじゃけんのう。この駅前の大通りをまっすぐ歩いての、ほら全日空ホテルがここからでも小さくみえるじゃろ、あそこまで八〇〇メートルほど歩いて、近づいたら左側に路地があるけんの、その奥にあります。踏切を渡らにゃあいけんがのう」。松山駅の一生懸命に道案内を説明する若い女事務員の教え方が実際はもっと長くて、この数年、私は短気になっているのでイライラした。実は全日空ホテルも見えなかった。

地方都市の雨夜の駅前通りは、暗く人通りはまばらで心細くなった。

雨にうたれてスーツケースを引き摺り小さな安ホテル探しは老齢には辛い。「どうしましたか、宿をお探しですかのう、私も近くですけん、一緒に行きましょう、そこは通りからはだいぶん引っ込んでいる路地にあり、ここらは他にも小さなホテルが多くてわかりづらいとこですけんのう」と案内してくれた中年のネクタイ姿の紳士に出会った。

松山の夏の夜は雨でも暑い。ホテルに着いた時は汗びっしょりとなった。

檳榔樹

雨上がりの翌日は雲一つない晴天だった。

ホテル玄関をでると凄い熱気とともに蝉のシーシーミンミンの斉唱が、昨夜の夕立雨に代わり辺りに降りしきっていた。歩道は熱気で歩き出してすぐに汗が額から背中に流れ落ちた。

駅の檳榔樹（びんろう）が懐かしかった。会場に向かうところであるが、伊丹十三記念館があることを知りでかけた。松山駅で記念館行きのバスを待つ間に、ベンチに腰掛けたお婆さん、といっても私と同年代の団塊の女性と話をした。

「まあな、あんた、高知駅と違いここらは昔とちっとも変わらんでの、そのカレー屋もうどん屋も主人は亡くなりんさったが、とうの昔からありますけん。何処から来られたんかいなもし。まあ遠いところから、秋田それは東北かの、あんたは高知でな、そりゃあ懐かしかろう。ご両親は、それはまあまあ御愁傷さまで」

私は駅前広場の両翼に点在するうどん屋、鰻屋、カレー屋、薬屋に記憶があった。変わったのは駅構内にローソンがあったことくらいで、バス案内所も半世紀前と同じであった。しかし松山と高知を結ぶ三三号線の高速バス時刻表は案内板から消えていた。注意すれば消えたものはもっと多かったかもしれないが墓場の墓碑を数えると同じことでやめた。

伊丹十三記念館には彼に対する宮本信子の愛があり昭和があった。入口にでかい外車、ブラウン色のべントレーが絶対に動きそうもない重厚さで鎮座していた。

一度駅に戻り、会場行きの電車を待っていると停車場で「道後温泉に行きたいんだけどさ、次の電車でいいんだろ」と痩せぎすで赤胴の肌に汗を噴き出している、黒いランニングシャツと灰色のバミューダパンツの精悍な男に質問された。「あんたも旅かい。まあ次の電車で間違いなしだね。いやおれの家は埼玉だけどさ、この夏は四国八十八ヶ所を回っているんだ」という。話をすすめたら、秋田県花輪の出で尾去沢鉱山で両親が働いていたといい生年月が私と同じだった。なぜか私は旅先、バスを待つ間に東北男女と言葉を交わすことが多かった。ことに女性は私が秋田からきたというと、初恋の人に会ったように喜び感激したものだ。

秋田には実家はあるけどもう両親とも亡くなり、葬式以来帰ったことはないという。道後温泉そのものに行きたいのではなく、近くの寺が目的という男と別れて、冷房の少しは効いた電車に乗った。

松山市は明治時代の建築物が印象に残ったが、一言に括ると俳句と漱石と司馬遼太郎の町である。子規記念館、坂の上の雲ミュージアム、坊ちゃん列車、坊ちゃん劇場、坊ちゃんからくり時計……と続く。

猛暑に耐えて着いた介護老人施設大会会場は松山城の近くにある。道路を挟んですぐ前には、坂の上の雲ミュージアムがあり、さらにそこから歩いて五分のところに「坊ちゃん」のなごり、そして漱石と子規の交流の下宿があった。

しかし、私が半世紀前に訪れた漱石住居跡「愚陀佛庵」は崖崩れに遭い、とうに移転されていた。

この旅の、いやこの度の目的は城と酒と学会だった。

酒のことならなんでも彼に聞けばわかるAから、松山市内の酒の美味い店を教えてもらった。Aは高専時代の同窓で松下電器、いまのパナソニックに入社した頃からコンピューター関連の仕事をしており、驚いたことには、入社まもない昭和四〇年代半ばから、今の高速道路でおなじみのＥＴＣをやっていた。

「まあ、あの頃は儲からんかったけどなあ」とこぼしているが、お陰で彼は全国の高速道路事務所を渡りあるいて飲み屋の鉱脈をくまなく探し当てていた。日日のない私は、その日その鉱脈の一つにたどり着かなければならない。教えられた伊予鉄高島屋近くの細い路地奥にある小さな店をやっと探し当てた。夫婦二人できりもりしている店で週に三、四日しか店は開いていない。それもいい魚が揚がらなければ開かないから、あらかじめそれを確かめていくようにとのことだった。私は前日には、今朝はいい魚が揚がらんかったけん店は開きませんと、訪問を断られていた。

「まずそりゃあ高知よりも松山のほうが夏の暑さは凄いけんのう。太平洋に面している高知と違い松山市は瀬戸内の湿気があるけんなあ、蒸し暑さは凄いもんですろう。ことに今年は記録的に暑いけん」と店の主は京舞子のように、まことにやわらかくやさしく真綿でくるむようにもてなしてくれた。

あるじは私と同年代の中肉中背の色白丸顔で、奥さんもそうであった。丸顔に悪人はいない。これは同じ松山市にあるハイボールで全国的に有名なバー露口のマスターの奥様も丸顔である。主人はにこにこと笑顔を絶やさず手は休めずに次々と地酒や鰹の刺身を板に並べた。

もう一人の漱石のこと

松山城に上る途中、レトロな昭和を漂わせる古本屋があり、ついついフラフラと足を入れてしまった。天井まで届くカビの匂いのする木目も齢重ねた本棚にはさすがに俳句の本が多い。ここで黒川漱石という人物に出会った。

もともとこの稿のテーマははっきりした意図はなく、芸術とはなにか、その価値はいくらか探求して脱線してみたい。

イヤ正直に吐露すると、この間オークション史上最高の五一〇億円で落札されたサルバトール・ムンディは、数十年前に贋作だとされた時には十数万の価値だったわけで、そのことがこの稿を書き始めた動機だ。

一般に画家が死ねばその作品価値は数倍に跳ね上がるのは絵画骨董社会の常識である。そういう経済的価値とともに俳句の歴史、つまり芸術にも流行があるのだ、ということに筆を進める。

熊本時代の夏目漱石が子規に俳句の句稿を送っていた頃の明治二九年から三三年に、夏目より一四歳年上の黒川漱石という人物がいた。当時の熊本では夏目漱石より知名度は間違いなく高かったろう。紙幅の関係で詳細は省略するが、明治九年に熊本医学校に入学して熊本や鹿児島の病院に勤務し、その後に開業して彼の資料（俳誌霏霏、熊本日日新聞、一九九七年七月）に「医界においても大いに尽瘁せられその功績大成る」と賞せられている。つまり逆にみると、彼は当時の九州日日新聞にもその句会が掲載されるほどに著名な俳諧師で知られていたのである。江戸俳諧の伝統を守り相当に熊本では名があり、漱石と新聞に載るのは黒川漱石であった。それが子規その他の俳句革新のあおりを受け黒川漱石はパッとしなくなる。であるが大正九年熊本俳人会会長となり昭和三年に享年七六歳で穏やかな生涯を全うした。彼は旧派の伝統を守り続けたが時代は新風に移った。黒川漱石の俳句は近世俳諧の終焉でもあった。自然科学とは違い、時代の流れと芸術の進歩―芸術に進歩という評価が当てはまるかどうかも私はわからないが、芸術作品の優劣は作品創作年代とはまた別と考えている。ゴッホ、フェルメールなど時代の趨勢や流行とその作品の優劣はかならずしも相関はない。

私は俳句はもとよりのこと、芸術作品が人口に膾炙するためには運が深く関わると思う。

正岡子規や夏目漱石の俳句と比べて黒川漱石が流行らないとは言えても劣っているわけでもなかろう。

ゴッホやフェルメールで足りないなら宮沢賢治、カフカ、モンゴメリーの人生をみればわかることだ。

夜間飛行

帰途の飛行便では某教授と偶然に隣同士になった。教授は座るなり最初から最後までパソコンをシート台において一心不乱に作業を続けていた。秋田到着が近くなる頃にやっとパソコンを閉じたのを幸い私は我慢出来ずに「よろしいですか。お話ししても」「いや、おひさしぶりで」……私より一回り若い教授は親切に対応してくれた。

そして私は来年度から始まる新医師臨床研修制度のことを知った。サブスペシャリティーつまり医師専門科目細分化の話らしい。昔は明治時代から暫くは外科と内科、産婦人科、小児科あたりで足りていた。それが時代の進歩とともに医学も進み、眼科、皮膚科、整形外科、泌尿器科と分類の進化が進んだ。

「いや、今度は研修医だけでなくて一般勤務医や開業医全体に関係がある話、サブスペシャリティーの話で、これまでは黒川先生の時もそうでしたでしょうが、外科、内科、産婦人科、小児科、耳鼻科、整形外科とせいぜい十数科の専門医でしたでしょう。黒川先生の放射線科でも診断医、放射線治療医、ＩＶＲにもう既に学会が分かれているので理解出来ると思いますが、外科でも既に専門性が認識されている消化器外科、呼吸器外科、心臓血管外科、小児科なんか定着しています。他科でも既存の領域にまたがるアレルギー科とかリハビリテーション科、リウマチ科本領域に加えて食道外科とか、その他糖尿病科、老年科、がん化学療法専門科、消化器肝臓科、感染症科と……」

短い飛行時間の中で丁寧に先生らしくパソコン画面を交えて説明が続く。

「婦人科ですと周産期専門医、婦人科腫瘍専門医、生殖医療専門医なんかに……」

数年前に制度改革で病院崩壊の一因となった、臨床研修医制度改革はたしか十数年ほどまえに国民の声に後押しされて始まった。患者の不満は救急や休日診療において顕著だった。昔のかかりつけ医者は何でも診てくれた。昔のお医者さんとちがい最近の若い医師は、専門科以外は全く不得手である。声は医療関係者にも広がりマスコミを介して大きくなった。一般医、General Practitioner 医の養成とともに救急蘇生の技術、common disease 診療、Primary care の習得はさせるべきだと。そして、一〇年ほど前から医師臨床研修制度が全国八〇の大学や数百の病院、地域医療機関で開始された。

その結果どうなったか。大学の旧体制の医局には入局する者が激減し、一方、都会の大病院に研修医が集中して地方大学医学部、地方小病院は壊滅的なマンパワー不足となり、いわゆる医療崩壊、病院崩壊が起こったのである。女性医師の離職増加、婦人科や外科系の科の壊滅状態、なんと大学自体からも医師が激減して、基礎医学を希望する医師さえいなくなった。さらに大学医局が担ってきた地方医療機関への医師派遣制度も消滅したのである。

ローテーションといいながら見学程度の実習で済ます、あるいは終了するしかない科もでてきて、結果として官民双方が困ったことになった。

私は大仙市大曲の七〇〇床程度の総合病院にいたので、当時が今でも生々しく思い出される。私の勤務する病院には制度開始から毎年ほぼ七、八人から一〇人前後の若い研修医を迎えることができて、私は新鮮な水が与えられた気持ちがした。そして制度は二、三年してなんとなく落ち着いてきた。

私はそう思っているが―それが、またまた変わるのか暗澹に襲われた。

秋田雄和の森が暗闇の中に見えてきた。降下寸前に「で、どうなっていくのでしょうね」と聞くと「いずれこの制度改革の結果がわかるのは三、四〇年後でしょうね」という話だった。

私は半世紀前に研修医の頃、ある老齢の脳神経外科医に「脳神経外科医として一人前になるのにはどの程度の歳月をようするものですか」と半ば怖れながら訊くと「君、一人前なんて一生かかったってなれないよ」とあきれ顔で侮蔑を返された。そんな記憶があるので、私はその制度が本邦に施行されたらいったい如何なる医師が生まれるのだろうか。夏の夜の機上の悪夢だ。最後はこの文章のコアと成るまじめなことを書いた。

帰りの夜の国道も、またあちこちの修復道路工事で迂回をし、時々崖下の河に転落しそうになりながら帰ってきた。

（二〇一七年）

鷗外の机

歴史はみんな嘘。明日くる鬼だけがほんと。寺山修司

初夏の日暮里

今年、例年になく暑い初夏に初めて私は東京の日暮里、谷中の界隈を散歩した。もう数えきれないほど上京しているが、この界隈に限らず東京都は仕事と泊まるだけの場所で散策などしたことはなかった。三〇年近く勤務した病院を定年退職して、七〇歳ちかくになり、やっと道草を食う楽しみを半世紀ぶりに持てた。

通りは意外なほどに閑散として親子連れのお母さんか、老人、パラパラと観光客が坂を上り下りしている。オリンピックに備えてかあちこちに長身で美人の婦人警官が角々に立っている。道を尋ねると、どのメッチェンも、あたしも田舎出身でここは詳しくないのでと、すぐにスマホを取り出した。私はスマホをいまだに持っていない。便利だとは思うが情報社会に支配され続けるのは好まないし、不便を選ぶ人間が一人くらいいてもいい。

フラフラと映画なんかで有名な団子坂を上っているうちに文京区医師会館があった。都会の医師会館に

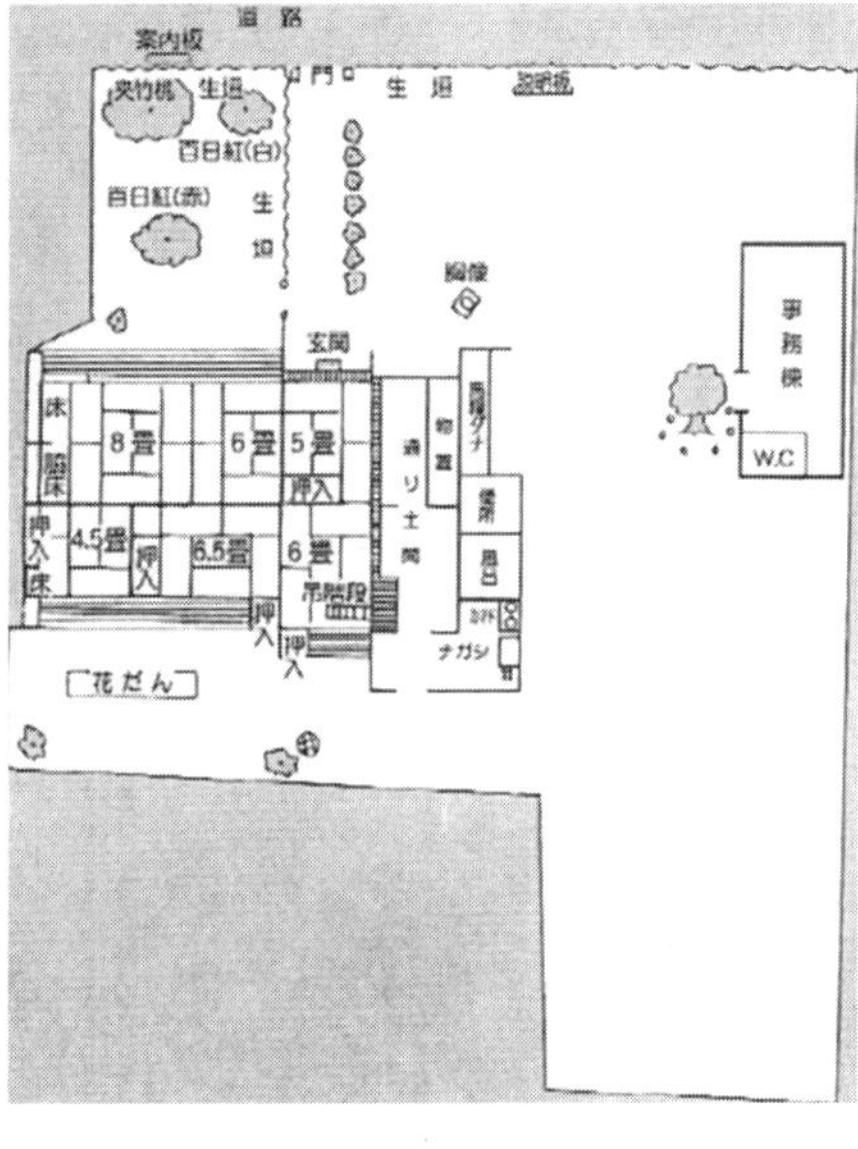

してはみすぼらしい。そこをハアハアと通り過ぎて、膝が胸につきそうな急勾配の坂を登りきったところに、偶然、東京都文京区立森鷗外記念館があった。文豪は三〇歳の時に家を文京区千駄木に構えて以来三〇年間そこで暮らした。その家が有名な観潮楼であるが鷗外の死後に焼失し、その旧居にこの記念館は設立されたと御影石のプレートに書いてある。私は上京した時に何度か別の彼の旧居があった上野のホテル水月荘に宿泊したこともあり、この土地に記念館が設立されるのも当然のことであるかなと汗を吹きふき冷房の効いた館内に入った。館内で来月は彼の命日であることに気づいた。

遡ると私は学会でよく彼の足跡—明治村に保存されている居宅（ここには夏目漱石もいた）、九州小倉の旧住宅—と周るうちにこの文豪が身近に思えてきた。小倉では特にそうだった。

鷗外が人生のどん底にありながらも『安部一族』などの構想を持ち続けた時代の小倉を、ある学会の

あった時に訪れた。深夜の小倉駅でタクシーを拾いホテルに向かった。何度も座席を振り向いて、旅の疲労の濃い私にタクシー運転手が念をおすように繰り返した。「鷗外もこんなに周りが変わるなんてきっと吃驚（びっくり）していましょう。そのお屋敷はホテルへの途中に在りますから私が窓からおみせしますが、お客さんも、もう吃驚しますぜ。そこは小倉の夜の繁華街、ネオンの海にポツンとありますから」。道中の車内からは暗くてよく認識できなかったが、小さな古いややバラックのような小料理屋や焼鳥屋、屋台が多く、黒ずくめの見るからにその筋の人たちがあちこちで電信柱の灯に照らされている。「お客さん、ここですよ、ホテルからは近いから道筋も簡単です」と顎でしゃくられた方向には闇しか見えなかった。

翌日の朝早く朝食を済ませてホテルを出た。五分ほどで鷗外旧宅に着いた。呆気にとられて眺めた。繁華街の真ん中を切り抜いたようにポツンと大正時代の庭付きの旧宅があった。小倉時代は彼の不遇の時とされているがホントにそうかとも私は今、思っている。その家は「なんとなく古い、時代のある家のように思われる。それでこんな家に住んでみたら気が落ち着くだろうと思っていた」（小説「鶏」）と彼は書いているし、その家で新婚生活を送ることになった荒木茂子が「小倉時代が生涯で一番楽しかった」と述懐している。その生活は明治三五年三月に鷗外が第一師団軍医部長として東京に戻りおわる。明治三二（一八九九）年六月に小倉着任してからのあしかけ四年は、職務としてのクラウゼビッツの戦争論講義や小倉時代にその構想を温めていた「雁」「青年」「安部一族」その他の作品をみるに、豊穣の時だったに違いない。沈潜の時代にも彼はねじを巻き続けていた。

大正一一（一九二二）年という因縁めいた数字の七月九日午前七時、文豪は腎不全、肺結核で上に述べた観潮楼で息を引き取った。「父は不遇な人でした」とは、その娘たちの回想である。

個人情報保護

文京区立森鷗外記念館の館内は通りと同じで閑散としていた。一階の展示室では、意外や郷土土佐の大偉人、世界的植物学者の「牧野富太郎と森鷗外展」が特別企画として開催されていた。しかし、この稿はこの一個人の見学記を医師会の皆様に披露するのは目的としていない。鷗外を引き合いに出してプライバシー保護を訴えるものである。

皆様も大多数は拝読されたと思うが、教科書にも採用されている小説「雁」の末尾に「お玉さんとは……読者は無用の憶測はせぬが好い」と結ばれている。

終章で一気にお玉と岡田の恋物語から現実に転調しているこの一節は、半世紀以上の長い間、私は単純に文学的修辞とのみ今の今まで思っていた。それが……わかった……のである。もうこの歳になると驚くというような能力はとっくに消失しているが、お玉さんのモデルの詳細が知れたときは息をのんだ。

もう故人になったが歴史小説家であった吉村昭さんは、歴史小説を書いている体験として、歴史的にはほぼ間違いのない事実とされていることでも、都合が悪いことはその子孫は断固として否定する。一例として著書「長英逃亡」の取材に際して、高野長英の脱獄のことで、破獄に際して牢の火付けを指示したのは長英であることはあらゆる裁判記録、火付けした本人の証言から見ても間違いないのだが、子孫である○○氏はそれを否定したと。人情として私はそれは当然のことであるとおもっている。鷗外の述べた通り、詮索しなくてもいいことを詮索することがいいことか。

特にＩＴが普及している今日、著しいと感じており、数千年前の中国、エジプトがそうであったように、今ではそれ以上の拡散速度と世界規模で流言飛語は闊歩している。

ブログ、ツイッターの類も怪しいものでＩＴは巧妙に利用されていると私は感じているし、個人情報保護法もよくわからん法律である。

彼が言えば嫌味がないが、森鷗外の随筆で「本はずい分と読んだ」と文豪が書いている。

私はこの言葉にいたく感銘を受けた。四、五歳で始めている漢学、オランダ語、次いでドイツ語、英語、フランス語の知識だけでも相当なもので、およその読書量は推測できる。加えて、彼はドイツ留学時代に薄給の中を私費で専門書籍はもちろん、専門医学会雑誌の類まで購入し続けている。

私は人間の一生にどれほどの読書ができるのかに興味を持ったが、この稿の目的から外れるのであるが筆先を本筋から少し移動してみる。

司馬遼太郎記念館や松本清張記念館を訪れ、その蔵書を仰ぎ見た限り（実際に長さはゆうに及ばず本棚の高さは高い吹き抜けの天井まで届きそうで、見学者はまるで砂漠の谷間を歩いているようですぞ。秋田県の田舎の図書館の規模をはるかに超えている）、凡人では推測すらできないと思った。世界的には渡部昇一氏の

「知的生活の方法」によると「アイバンホー」その他の著作で有名な大小説家のウォルター・スコットのライブラリーが個人的には最大のもののようで、彼の邸宅はその著作で得た印税で、最初は一三万坪に大量の書物を購入保管した。そこは後に一三〇万坪となった。

私の読書量は平均を少し超える程度だろうと思うが、しかし読書家とか蔵書家の基準はわからない。『広辞苑』をひも解いてもその基準はわからない。

いずれ彼の妹の金井喜美子氏、娘達の随筆を読んでも森林太郎は読書家、蔵書家で収集癖もあったことはうかがい知れる。大学生の彼はよく散歩の折に草紙類を購入し、帰宅後にそれらをきちんと糸で綴じていた。

鷗外の机

二〇世紀末の一九九九年秋に世界核医学学会でドイツ、イタリアと回ったことがある。ベルリン、フンボルト大学運営の森鷗外記念館の小さく狭いホールで、小山のように大きなドイツ人女性の声が響いている。流暢な日本語で、会議に出席中の小柄な人の多い学会旅行団一行にまくしたてる。

「世界中で日本人作家の記念館があるのはここだけですよ。ドイツには日本の皆様が思っていらっしゃる以上に彼のファンは多いのですよ。鷗外の魅力はなんといってもまだまだ秘密の部分も多いのでファンも多いのです。鷗外はここに来る前にはライプチヒ、ドレスデン、ミュンヘンにいました。ミュンヘンは彼にとり居心地が良かったろうと思います。ここベルリンではいい思い出もありますがいやな思い出もあったかと思います。よく知られているように、彼は専門の衛生学でもコッホ研究所で賞を授与されるほど研究にうちこんでいますし、ウィルヒョウとも出会います。また外交ではドイツの政治家や知識人と相対しても遜色のないドイツ語通訳としても活躍しました」と続けた。

この若き天才軍医に日本陸軍軍医総監、石黒忠悳は日本から何かと指示を出し、ついに欧州にやってきて存分に鷗外のドイツ語を利用した。自由なヨーロッパの空気を吸っていた彼には、まことに「気の合わない上役」であったにちがいない。

彼女の講演は果てしなく続く。「ベルリンは彼の作品にも登場してきますが、生涯の伴侶となるはずであった女性との交流もあります。それについてもまだまだ謎の多い作家です」。

フンボルト大学の「森鷗外記念館」の机

その謎は謎としておくのがいいのではないかと私は独りごちた。「二二歳の彼は四年間のドイツ滞在の間にドイツ文学作品だけでも四五〇冊を読破しています」と、まだ講釈が続いている間に、私は隣の部屋にそっと移動した。

この広いとは決して言えない二間の部屋に本が満載していたのだろう。ベルリンに来た時の二二歳の若き軍医、森林太郎の興奮は「ドイツ日記」や「舞姫」がその感動を伝えている。

ここで鷗外の椅子に座らせてもらった（写真）。その時の、五分間だけ私に芸術の神が降りた。

エリスとお玉さん

鷗外の帰国後二週間ほど遅れてシベリア鉄道に乗り、横浜埠頭に上陸した金髪の若い女性は、鷗外の親類に説得されて、泣く泣くドイツに帰国する。そのあともしばらく鷗外と文通していた。鷗外はほどなくして親の勧める女性と結婚するが間もなく離婚。数年をへて小倉で新しい伴侶と新婚生活を送っている。小倉時代一般的には不遇とされているが、実際は上に書いたように幸福な時代だと思っている。金髪の彼女のことは百年近く不明であったが、今世紀に入り明らかになった。

「舞姫」のエリスのモデルとされ、鷗外の恋人であったエリーゼ・ヴィーゲルトの全貌がベルリン在住の女性、六草いちか氏により明らかにされたのは二〇一二年秋の一一月六日のことである。要約するとエリーゼが鷗外にベルリンで出会ったのは二〇歳の時。結局、彼らの恋は成就せず、鷗外と別れて三八歳の時に二歳年上の商人と結婚。一九一八年にその夫と死に別れベルリンの老人ホームで、鷗外が亡くなってから三一年後にあたる一九五三年八月四日、八六歳で死去している。鷗外は生涯、ミルクほども色白で手足がほそくしなやかな金髪で長いまつ毛と青い目の舞姫を忘れることはなかった。

写真でみるとエリーゼは柔和で家庭的な美しい女性である。興味のある方は『鷗外の恋　舞姫エリスの真実』（講談社）をお読みください。舞姫のモデル論争に六草いちかさんは決着をつけた。

もう一人の女性の話をする。私は一九七〇年代から一九九〇年代に活躍していた有名な編集長の随筆を読んでいるうちに、「雁」のお玉さんの正体がわかった。そのことはここには書かない。彼女は文豪の最初の結婚離婚と小倉時代の二度目の結婚までの空白を埋めた女性である。文豪がその随筆に少しだけ述べている「その人は非常に美しい人であった。そして気の毒な人であった」で十分である。それ以上のことは「読者は無用の憶測はせぬが好い」のである。

漢文学専門の吉川幸次郎博士は「日常の会話の本質というのは語数が短いということですね」と晩年に小林秀雄に語っている。「外国語を教室で習得した人の言葉は長すぎる」とも付け加えた。四、五歳から漢文を習得した文豪は簡潔に個人情報保護法を示している。私はプライバシー保護について思案の輪を巡らせ循環させているうちに森鷗外の伝記のような空文に陥ったが、文章はこう書けという鷗外のお手本を書いた。

蔵書のこと

医学部入学のために秋田に来た時には蔵書と呼べる本は一冊もなかった。それが卒業以来四五年、専門書はもとより小説、雑誌の類が段々と本棚からはみだし床に積んだ本も高くなった。会津若松市竹田綜合病院、郡山市南東北病院と転勤をするうちに、多くなった本はその都度、実家に送ったり、引っ越しの度に処分してきたものの、その搬送については仕事を続けながらのもので難儀な作業だった。

　大仙市で二七年間勤務した病院を去るにあたり、私は二、三ヵ月かけて遠く郷里高知の図書館や母校の中学校に段ボール箱でおよそ二〇箱あまりを送った。そしてその二年半後に日本海海岸沿いのYH市から「山と川のある町」のY市に移る時も、さらにYH市の図書館に五、六箱を寄付して、残りの医学専門書の類は二〇箱ほど社宅の近くにある古紙再生会社の工場に運び込んだ。そして私は「捨」というか「無所有」の境地に入り身が軽くなった。しかし秋のある日にカラになった本棚に一抹の寂しさを覚えた。そんな時に上述の知の教養という本に「本を読むのは教養の飯を食うのと同じ」ということが書かれていた。

　同じ頃である。私は一通の手紙を自ら超高齢者という全国的に著名な〇科の先生から頂いた。私、黒川も数年前に高齢者の仲間入りをしているが、この方は笠をかむっている大先輩である。その書簡の内容はおよそ次のようなものである。「先日に仙台で学会があり、その際に昔から馴染みのある古書店によってみたら、昭和四七年に出版された大きな写真集が店頭に在ったので、おもわず買ってきた。当時の定価が二九〇〇〇円で、売値は二五〇〇〇円だった……本はもう整理しようと思っているのに。つい手がでた」とある。私は思わず大声で笑い周囲の事務員を驚かせてしまった。私は、その先生の書庫を覗いたことのある耳鼻科の医師から、蔵書は膨大でかつ整理も誠に行き届いたもので圧倒されたと聞いていた。

　それからのことを私はそっと囁いておく。アマゾンのおかげであっという間に、今年の読書の秋に備えるように本棚は以前よりも増え、どの棚にもぎっしりと書物が詰め込まれている。

参考文献

石黒忠悳『懐旧九十年』岩波文庫、一九九五年
小金井喜美子『鷗外の思い出』岩波文庫、二〇〇〇年
森茉莉『贅沢貧乏』講談社文芸文庫、二〇〇八年
森茉莉『父の帽子』講談社文芸文庫、二〇〇三年
森茉莉『貧乏サヴァラン』ちくま文庫、二〇一〇年
小堀杏奴『朽葉色のショール』講談社文芸文庫、二〇〇三年
小堀杏奴『晩年の父』岩波文庫、一九八一年
その他は各記念館のパンフレットに拠った。

碧空の下　地に落ちて

少子高齢化

我が国の少子高齢化対策は現代日本の政策の最大課題である。太平洋戦争中にも「産めよ、殖やせよ」の政策があり、旧約聖書にも「産めよ、殖やせよ、地に満ちよ」と記されていたな、などと思いだしている。子孫繁栄は究極の目的ではないといえるか。いえまい。

しかし今から約三〇数年前の一九八〇年当時、少子化そのものを目的にしていた国がある。それが中国だ。

何万枚も撮影した過去のプリント写真の中から、三五年前の会津若松市の竹田綜合病院在職中に経験した中国医学視察団旅行一員として旅をした時の写真数百葉がセピア色で出てきた。貴重な記録が泣いている。それがこの愚文を書く動機である。当時は現在のように自由に中国と行き来が出来るような時代ではなく、共産主義支配下、毛沢東の中国、文化大革命の終焉したばかりの中国の vivid な画像を医師会その他のみな様にご覧いただくことで、また価値がありはしないか。

記録的な暑さの五月の朝、勤務先の介護施設のネットを開いたら中国の一人っ子政策のことがでていた。

一九八三年と一九九七年の二度中国を訪れたことのある私は、ある種の日本の戦前戦後をも彷彿とさせられた当時の郷愁とともに書いている。

一九九七年の旅の時には海のような長江下流の対岸に、テレビの試験放送を始めたばかりで、こつ然と聳え、真新しく輝いている（周囲には今のマスコミに見られるような高層建築群はまるでなかった）巨大なロウソクのような上海中央電視台を眺めながら、私は四〇年来、鎖国に等しい状態だったこの国は、巨大な人口とその資源を背景に一〇年以内には日本を追い抜くだろうと、将来の経済的繁栄を確信していた。

北京医学院にて

しかし、その頃、日中国交正常化の日陰では今、課題になっている数億の子らは中国地方の農村で成長していたということでもある。

一九七四年には人口抑制は世界的トレンドで、この年に国連は世界各国に人口増加抑制を促した。当時の中国も強制的堕胎、不妊手術を国際的に突出して施行していたが、ついに一九九七年、中国共産党は人口増加の一途を辿るのを恐れて、一人っ子政策を導入した。

一九五三年に中国共産党は第一回目の人口調査をした。予想は四億人、多くても五億人と見込まれていたが、結果は六億一九三万人と衝撃的で、また一九六五年から一九七一年までのわずか六年間で人口の純粋増加は一億二六九一万人（日本の人口に匹敵するのですぞ）に達したからである。それで一人っ子政策となるが、しかしこれには少数民族は対象外と認められ、漢族も違反者には罰金制だけなど多くの抜け穴があった。

北京秋天

北京視察の第一日、大陸気候のひんやり乾いた秋の大気の中を、私達は専用バスの車窓から市内を眺めていた。私達が北京市内を徒歩で観光する機会はほとんどなかった。北京担当の通訳兼ガイドのYさんに私は北京市内のあちこちに立てられている一人っ子政策の看板を眺めながら質問をすると、彼は「党の幹部や国の偉い人たちは、もちろん一人しか子供はもちませんが、農村ではこの政策は守られていません。こっそりと二人目三人目と生むことはあるらしいのです。中国はとても広いのですから」と俯き加減に告げた。すぐに私はこの政策のもたらす矛盾に気づいた。Yさんも、あまりその話題には触れたがらないもののの、中国の人口は増加の一途だから、この政策は当然だというふうに強調した。旅行中に北京と上海でそれぞれ三人と二人の通訳が同行した。

この政策は兄弟姉妹をもたず一―二―四体制、つまり子供一人を二人の親と四人の祖父母が世話をする中で成長することで、他者とのコミュニケーションに欠け、協調性がなく、我が儘、利己的な子供を産み出したとされる。また戸籍に登録されない子供を発生させ、二〇一〇年にその数は一三〇〇万人と推定されている。またこの政策は中国の高齢化のペースを早め、一人っ子を失った失独家庭は百万世帯にのぼっていて政府に抗議している。

そして「血の川が出来ようと二人目は生ませない」のスローガンが叫ばれ実施されていた一人っ子政策は、二〇一六年にとうとう廃止されたのである。

中国滞在はタイムマシンに乗ったような（実際に乗ったことは一度もないけれど……）不思議な体験だった。毛沢東が死去して間もない頃で、視察団は行く先々で監視つきの異次元経験をした。

私達は一一月初めの午前に成田空港を飛び立ち、上海に着いた。約二時間以上を上海空港内に待機させられた後に、やっとそこを発して北京空港に着いたのは午後八時を過ぎていた。とにかく次の行動に移るのに共産党員らしい人民服関係者が「ここで暫くお待ちください」と瀟洒な広い部屋ではあるが、少なくとも一時間あるいは二時間ほど待たされるので、旅の疲れがたまった私達にはこたえた。

一人っ子政策看板

「ここで暫くお待ちを」体験は、空港以外の場でも北京上海一週間の旅で数回あった。

上海空港も北京空港も内部は全く閑散としていて、我々以外の乗客はとうとう帰国までの間、見かけなかった。どちらの空港も暗くて古めかしい大きな筒状タイプの蛍光灯が唯一の照明であった。空港で兌換券（外国人旅行者専用の札）を二、三万円分交換した後に、ようやく深夜に北京の前門飯店に到着した。ここでもしばらくお待ちくださいと言われて、ロビーで一時間以上待たされて、やっと客室に入れた。ひと風呂浴びようとすると黄色く錆びのついた蛇口から、これも黄色くぬるいお湯が出たのには驚愕した。

北京も上海も路上を走っているのは軍用トラックかバスか営業用三輪トラックか、稀に政府の公用車。市民の足は自転車で、この車列は壮観だった。

一人っ子政策は農村では守られておらず、遵守しているのは政府役人だけで、特に政府高官の場合は厳守しているという矛盾が、どういう結果になるのかは二〇一八年の今をみればわかる。

ちなみに当時の人口は通訳に問うと一二億くらいということで正確にはわからんと、中国到着から上海離陸まで私達の世話をしてくれたRさんは応えた。

Rさんは痩せぎすで背の高い三〇代前後のやや浅黒い肌の美人であり、顔貌は北魏の仏像をほうふつとさせた。彼女は日本人だといってても信じられるくらい、日本語はまことに上手で日本人と全く変わらない。あの時代でも、彼女は仕事で大阪と東京には数度来日したことがあり、毎朝日本の新聞は五種類に目を通すという。映画の蒲田行進曲の松坂慶子の話題から田中角栄新潟六区や大学受験の現状など詳しく、私と年齢のあまり差のないRさんとの会話は楽しく和やかなものだった。彼女は単なる通訳でなくて、中国政府の日本でいうと外務省にあたる役所の高官ですからと、日本からの添乗員に教えられていた。

日本の感想は如何ですかの問いにRさんは「スーパーマーケットはとても広くて品物も多く感心しました」と笑顔で応えたが、私が「中国はとても大きな国ですね」に「国が大きければいいというものでもないでしょう」と表情をきつくして応じたのを今でも覚えている。

北京から上海に移動するときに「私は北京語は話せますが上海語はだめですので、あちらでは別に通訳がつきます。申し訳ありませんが、皆さんは飛行機で上海に移動してもらいますが、私は別行動で鉄道を使い後から参り、帰国までお世話しますから」と北京の飛行場待合で告げた。

北京で目にする人々すべてが人民服であったが、上海では服装はカラフルになり、気候も温暖で人々との交流は自由であった。北京では私達は観光地以外、ホテルその周辺で監視されていた。

北京到着翌日早朝に青空に引き込まれて、私は前門飯店をでて同僚のAさんと散歩にでかけた。ホテル周辺に人影はなく暫く歩いていると、ようやく道端の掲示板前（政府からの通達や人民日報記事は主に掲示板に張り出され市民の主要な情報源だった）にたむろしている二、三人の男がいた。掲示板の近くに小物を路上販売している爺さんがいて、Aさんが縁台のタバコを指差した。爺さんは二、三箱のタバコを差し出しAさんは真新しい兌換巻を出した。おつりの中国紙幣はまことによれよれで汚かったが、他の場所でもそうだった。

私達が去ろうとすると一人の男が不意に現れて、爺さんに何か言い、爺さんは暫く口論していたが、爺さんは私達を追いかけてきて黙ってタバコ代金を差し出した。男が近づいてきて何か言った。「チャンニイユウハオ」の言葉だけが聞き取れた。それで一切を了解した。「中日友好」中日友好のためにきている外国人だからタバコは只で進呈しろ、ということだった。あちこちでこういうことは起こり、私達はその後、店の人たちに気の毒で町中での買い物は控えるようにした。

北京医学院視察と観光

その日から北京滞在三日間で、北京医学院視察と明の一三陵、万里の長城、天安門広場、王府井、天壇公園等々と回った。

交通量が少なく広々とした市内を走っている軍用トラックを多く見かけ、それらは兵士を満載していた。当時はベトナム国境やあちこちで、中国は局地戦、紛争を抱えていた。朝の自転車通勤は壮観だった。

北京市内のトヨタ

北京市内の中央でもしばしば土木や家屋の工事をみかけたが、ほとんど人力にたよるものであった。

通りの交通量は少なく軍用トラック、バス、三輪トラックがほとんどで、バス内には人がギュウギュウに積め込まれていた。女性の運転手も多く必死の形相でハンドルをまわしていた。交通信号はほとんどなく、あっても平気でバスの前を横断する歩行者は多く、運転手の形相が変わるのは無理がなかった。交通事故は少ないという話だった。

まず北京医学院視察の後に案内されたのは万里の長城は北京郊外の八達嶺。八達嶺も北京市内の上空も、空は北京秋天といわれるように広く深くなにより高く青かった。

当時の北京第一のホテルは北京飯店で、前門飯店は第三位のランクというが、設備は極めて悪く日本の戦前あるいは大正時代なみではなかろうか。歴史の遺物としてみると、それなりによかったが滞在となると不便きわまりない。エレベーターはボーイが、がしゃがしゃと大きく無骨な鉄のハンドルを上下させて乗降操作していた。エレベーターボーイの仕事には警備もあったようだ。

私達は一九四五年当時の中国にタイムスリップをした。中華人民共和国は建国後二三年間にわたり国交のない日本と、一九七二年九月二九日、日中共同声明で日中国交正常化を果たした。その国交復興後の一〇年後の一九八三年一一月、当時私の勤務していた会津若松市竹田綜合病院院長の人脈で、日本に留学していたという中国病院院長から中国病院視察旅行に招待され、北京の北京医学院と上海の漢方医療では東洋一という龍華医院を訪れた。中国では医というと漢方医学で、我々の医学は西洋医学として区別していた。龍華医院はベッド数二〇〇〇床だか三〇〇〇床だかの規模で、外来には鈴連なりに漢方針を頭や体にさした針人形とも形容すべき患者さん数百人が腰掛けていた。調剤室、薬局では生薬が多く調合されていた。

院長は小柄でにこやかではあるが、目の鋭い五〇代の女性で、医者ではなく共産党上海地区の幹部であり、就業形態では医師もとくに他の看護職や事務職員との区別はないという話だった。医師の説明には始終、党員が随行していた。

日本では東京の銀座にあたる王府井（ワンフーチン）は買い物客は多いが、雑踏というほどでもないので、買い物は一時間という時間制限はあるがゆったり出来た。西大后の頤和園の人造湖や人造山は壮大さに圧倒された。

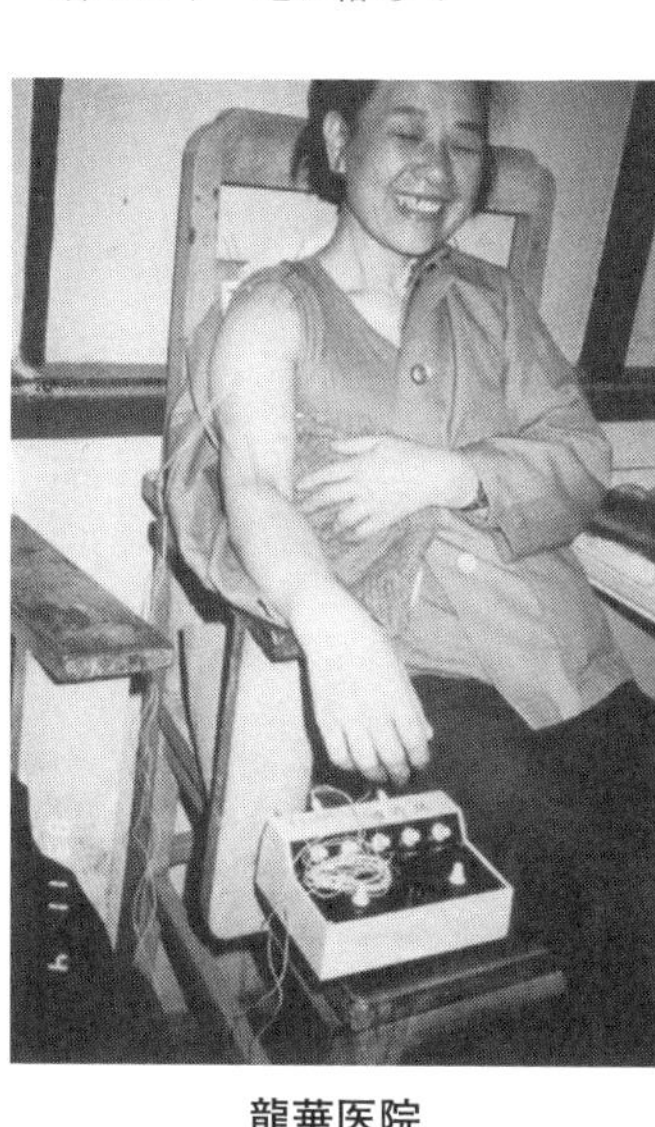
龍華医院

ここでも観光客は少なかった。なにより経験したことのない秋の中国のさわやかな大気は、旅の疲れを吹き飛ばした。上海の夜の雑踏は東京渋谷新宿以上のものすごいもので、朝鮮戦争の人海戦術の現実は容易に想像出来た。上海では動物園のパンダ見学もスケジュールにあった。当時は中国でも貴重で、見物として鑑賞は少なかった。市内では日本のトヨタやダットサン、いすゞのトラックをしばしば見かけた。中国製の自動車はほとんど製造されてないという話で、ソビエト製が多く、日本車は戦前から使用しているものが多いということであった。

観光地は想像していたよりも観光客は少なく、中国各地方からの党大会参加で、報償として選ばれているという国内共産党党員団とロシア人らしい外人のみで閑散としていた。

歴史の証人天安門広場

天安門広場でも通常の一般人は立入禁止だった。

北京王府井

上海動物園パンダ

私達が記念撮影していると、きまって人だかりができた。

天安門では毛沢東の廟もあった。文化大革命や紅衛兵がどういうものであったか詳細な実態の認識はまだなかった。

司馬遼太郎氏によれば思想というのは白昼のお化けだそうである。

中国では撮影禁止の場所も多くて、私は早撮りすることが多かった。

早撮りと盗撮の経験はそれから十数年後に上海、西安の兵馬俑の観光の時には思わず役立った。

一九九七年五月に西安郊外で発掘された兵馬俑は三号抗まで整備され観光客が入れた。そして発掘中の第四号抗では、当局からは撮影禁止といわれていたが、私のどうしようもない記録への欲望はとめられなかった。視察団一行のなかに写真撮影していた方が二人いて、見張りの官憲にカメラごと没収されていた。

中国の一人っ子政策は我が儘世代や無戸籍子をうみ、女子の赤子の人工中絶と娘の人身売買を増加させ、結果として花嫁は不足した。

この愚文が医報読者の脳細胞を無用に刺激はしないように祈り擱筆する。


（二〇一九年）

ショットグラス

最近の飛行機操縦士の勤務中の飲酒問題やジャパニーズ・ウィスキーの価格高騰話題に触発されて、ウィスキーに纏わる思い出話を書いてみた。

最近札幌で開催された学会の際に余市に立ち寄った。数年前のNHK朝ドラ「マッサン」、ニッカウヰスキー創業者の屋敷と工場がある場所だ。マッサンの創業時の苦労はテレビドラマどおりだが、マッサンが今も生きていたら、この二、三年のジャパニーズ・ウィスキーの国際的評価、一本三八〇〇万円の値がつく今日をみてどう思うだろうか。もう骨董品、美術品なみで庶民が飲めるものではなく、日本のウィスキー普及に尽力したマッサンは苦々しく思うに違いなかろう。

マドラーの儀式

四国の松山市で介護老人保健施設全国大会があったのを機会に、とあるバーに足を向けた。

松山市は秋田市の日○病院の放射線科部長をしている医学部同窓生、M君の故郷でもある。M君は四国松山から秋田大学に入学し、私同様に卒後も秋田に残り、秋田の女性を娶り今はお孫さんにも沢山恵まれて半世紀近い歳月を秋田市で送っている。無常迅速に驚く。

さて、松山市にハイボールが有名で全国的にファンが訪れるバーがある。夫婦二人きりでやっている小さな店だ。マスターによれば、「私のハイボールつくりのコツはハイボールグラスに大きな氷のかたまりを一個だけ入れて、静かにゆっくりゆっくりと上からウィスキーを注いで最後に、最後のこれが大事ですが、マドラー（バースプーン）でゆっくりと一かき（ここで混ぜる方向は忘れたが）混ぜるのです。この最後のひとかきが大事なのですぞ」。そのハイボールは筆舌につくせない。

私は心服した反面、半信半疑であった。「ひとかき」が私の心の底に沈殿した。二回混ぜようと三回混ぜようと大差はないのではないか。

しかし、かつて中国に旅し、北京料理、広東料理、四川料理に舌鼓をうった際は、炒め方、煮方、蒸し方に何百種類もあることを聞かされた。最後のひとかきは秘儀でなくpratical な事実なのだろう。

飲み方は別として、関係せずに美味いウィスキーを飲んだことは一度ある。これはほんの小さなストレートグラス一杯で五千円とか一万円という代物で、勤務医にはそうそう口に入るわけではないが、酒の味は別格で翌朝の目覚めは疲れが吹き飛んで生涯、稀にある最高の気分だった。

ベンジャミン・フランクリン自伝によると、彼が若い頃に勤めていたロンドンの印刷所では、職工のほとんどがビール浸りだったという。フランクリンの相棒は勤務中に六回もビールを飲んでいた。

また、私の数回の欧州旅行において、フランスやイタリアでは真っ昼間から店外テラスに丸テーブルを囲んでワイワイとワインを飲んでいる老若男女を毎日見かけた。当時、事故を起こさない限り飲酒運転そのものは罪にならない時代だった。

これは近代人の仕事優先という立場からみればとんでもない話で、仕事以外の時間、アフターファイブで楽しみを求めるのが近代社会のルールである。その仕事と楽しみを厳然と区別する倫理が正しいかは、突き詰めると人生論的にややこしくここでは踏み込まない。

ただこんなことは時代の流れや既成事実が先行するもので、ある朝、ＮＨＫテレビでは席チカとか無人コンビニの特集番組を放送していた。席チカは初めて聞いた言葉だがＩＴプログラマー相手の出張販売で、ネットを介して椅子に座したままでプログラマー達が注文して即時に弁当、お菓子、飲み物が届けられ、それらを口に入れながら仕事を続けるという。この会社は急速に市場を拡大しているというが、酒を注文する会社員はいまい。

ショットグラス

私の高専時代の友人で東京は品川のコンピューター会社（パナソニックの子会社）にいるI君と飲んだ際に、松山のマドラーでひとかきの話をすると「酒は飲み方だよ」と厳かに言い放った。秋田と同様に高知にも酒豪は多いが、彼はその中でも豪のものに間違いなく入る。酒豪、いや酒仙である。また彼は日本酒、洋酒を問わず酒の知識にも詳しい。

昭和四〇年代半ばの高度成長期に高専の電気科を卒業して、大阪の松下電器（この頃は大阪が本社か?）、現パナソニックに入社してすぐの一、二年で東京に転属となり、なんともうその頃に今の高速道路で使用されているＥＴＣの研究を始めていたという。「あの時は儲からんかったよなあ」とバーの天井を見上げてため息をつく。

転属先は東京の品川駅にあった。新橋にも近く、これが酒の修行にもってこいだったが、また、その他にも出張が多くて日本中の高速道路をあちこち周っているうちに百薬の長の鍛錬を重ねた。

「ウィスキーも飲み方にはオンザロック、ハーフロック、フロート、ミスト、ハイボール、水割りといろいろあるがね、みな邪道さ。バーボンなんかは映画の西部劇でもよくカウボーイがやるように、ストレートのまま、ショットグラスつまりストレートグラスでクイッと飲むからうまいのであって、水で割るなんて邪道だよ。オンザロックや水割りは戦後に出てきたんだぜ」とまるで戦前から生きていたようなことを酔眼で呟いた。

「黒川君、もひとつ付け加えるとだね、ウィスキーの語源はケルト語系のゲーリック語で、フランス語のブランデーと同じく『命の水』という意味だよ。世界の酒作りが究極に目指すのは水にちかい酒だ」

私は続きをせがんだ。

「それでね。現在のウィスキーの風味が完成したのは一九世紀後半で、一般的に個性の強さの順にいうとアメリカのストレート・バーボン、スコットランドのシングルモルト、日本のウィスキー、アイルランドのブレンディド・ウィスキー、カナダのブレンディドといわれているよ。ウィスキー生産の歴史はアイルランド、スコットランド、アメリカ、カナダ、日本の順さ」

それにしても最近の日本のウィスキーの世界的評価はたいしたもんだ、高くなって我々の口に入らなくなった、とぼやいた。

故人となったが山口瞳氏によれば「私はウィスキーが好きだ。生で飲む。それがいちばんうまいからだ。なんだってそうだろう。（中略）だいいち、生で飲まなければウィスキー工場の工員さんたちに申し訳ないではないか。ウィスキーつくりには何年かの歳月というものが必要である。それを薄めて飲むというのは罪悪ではなかろうか」という理屈もある。

銀座四丁目と横手医師会

私の酒歴など語るべきものはないが、それでもバブル期には数えきれない宴会の機会があり、新宿、銀座、大阪のキタ、博多で飲んだ。

銀座にはその頃は千軒とか二千軒とかの酒場があり、ホステスも数万人が働いていた。かならず秋田県のおばこがいた。銀座の真夜中近くに煌々と明るい不夜城の前で待機している何千台のタクシーの一台に押し込まれる時、私は日本の裏側から見る経済学研修を終えてホテルに帰った。

話は変わり、いい酒を飲める場所として横手医談会は酔い心地がよかった。つまりその後の懇親会のほうだが。日本酒、ワイン、ウィスキー、ブランデー、焼酎なんでもあり、酒仙は多く、秋田美人のコンパニオンも大勢そろっている。「こんな会は全国にも稀だろう。明治からこの会はあるんだよ」H先生は席上何度か言った。横手市は明治期に東京から大勢の芸者を秋田県で初めて横手町に土地の富豪が移入した歴史がある。

横手医談会は明治三〇年に横手在住の医師八名の会員で組織され、医術の研究、医風の向上、医権の擁護、医務上の連絡混信が目的である。私は「医風の向上」が何を指すのかわからないが想像するだに面白い。それとこの医家達は漢方、西洋医学のどちらにくみするものかも興味がある。私は東北地方を明治期に旅行したイサベラ・バードを書いたが（『ピーターパンの周遊券　2　地吹雪と夾竹桃』）、その旅行記によれば当時は両者が混在していた。

とまれ先生たちはトラホーム検診、伝染病予防、乳幼児健診、産婆会の指導後援等に活動した。この翌年に初めての学校医が横手尋常高等小学校におかれている。

ちなみに筆者を含める私たちは秋田大学医学部三期生として、卒後四〇周年の同窓会を今年の年末にやる。その陶酔の時の酒の味を今から楽しみにしている。

ちなみに一般的に米国ではwhiskey、英国ではwhiskyと表記する。これも米国では国産品か輸入品かで使い分け、英国ではスコットランド産かそれ以外かで使い分けるそうである。

（二〇一九年）

参考文献

『美酒について』吉行淳之介・開高健、新潮文庫

『日本の名随筆 11 酒』田村隆一編、作品社

『日本の名随筆別巻 4 酒場』常盤新平編、作品社

『横手郷土史年表』東洋書院、昭和五二年初版

春の妖怪

峠は冬だったが奥羽山脈を下りきり里を走るようになると新幹線の窓外に山桜が走る。目的地がちかくなるにつれてソメイヨシノも見え始め、ピンクの聚楽はぐんぐんと増えた。私は終着の上野ではすっかり解氷された。

平成もはやいもので四半世紀を超そうかという年の春、例年のように私は総会にもさして必要も感じなくなった専門医資格点数獲得のために上京した。上野駅のホームにこまちから睡魔と共に降りる。スギ花粉症のアレルギー薬を飲みすぎたのだ。

私は駅の珈琲館でキリマンジャロ二杯をカップから胃袋に移し替え、花曇りの麗らかさに誘われて足を春の光が溢れる上野公園の朝に向けた。公園口の狭い道路を数歩でわたり広場に入ると、朝の静寂をもっぱら破壊するためにだけ出てきたような路上芸人達が、朝から南米のフォルクローレやら、フラワースティック、ステージボールの大道芸、フラメンコの踊り、パンクロックのがなり声で森の鳥のさえずりをかき消している。

どこかでわざわざ知らせなくともいい時刻を告げるチャイムがなっている。私は身体も冷気にあたり覚醒しはじめて、足を美術館に向けた。そこでは日常が消える。生活がない。彫刻も絵画も大半は遺品であり、脈絡もなくただ見知らぬ人人が風のように流れすぎる。私は芸術家達の傑作を眺めたあと、時間がある時は美術館の片隅のベンチでうたた寝をするのを常としていた。

その時もそうするつもりだった。しかし扉の張り紙は長期改装工事のために休館とある。私はこの落胆を代替するために行き先を不意に別の場所に向けた。そうしたのは私の意志であるのか、あるいは運命の連鎖で、はるか昔からのあらゆる出来事は、その時の私の意志までもきっちりと定められていたのかわからない。長命寺の桜餅や言問団子がふと脳裏に浮かんだのは確かだ。

国立博物館前を通り過ぎて桜木通りに出る。途中に小さな林、と呼べるかどうか、都会に何とか生き残っている小さな自然の一角が在るのに初めて気づいた。この四〇年間にその前を数十回以上通り過ぎていて初めて気がついたのは齢重ねて周囲を眺め歩く余裕が出来ていたのか、あるいは私の先天的注意力不足をコーヒーが補ったのかわからない。ミニチュアのような小さく赤い稲荷神社が細く狭い石段の上に窮屈そうに竹林に埋もれている。私は肌寒い春風に吹かれて手を合わし、数百年の存在を誇示している背筋を伸した狐にこれまで同様に一方的勝手を祈願した。薄目を開けて台座の二匹の雌雄の狐の顔を仰ぎ見たとき、これじゃあ願いを聞き届けるどころか、化けることも出来まいと思わず一瞬心の底で思った。これがまことにいけなかったのだろう。

公園を抜けると国道四五二号線と国交省の標識のある細い道路を言問通りに向かう。通りはしんとしている。もう桜は満開で地上にも青空にも桜吹雪が風に舞っている。その花びらで埋められた道を汗ばみながら歩む。駅からはわずかな距離だが人はすっかりかき消えて、ヒトの繁殖地帯である高層住宅付近にも犬猫一匹も見かけない。路上は車だけが時折走り去るばかりである。

初夏の暑さに足は留まり額を拭いた。すると狭い道路の向こう側に立派な、奥日光修学旅行で眺めたような武家門が春の日に輝いている。しばし懐かしく見とれてからハンカチをコートに押し込んでいると視線を感じて、その男に気付いた。

数メートル先のバス停にただ一人、小柄で痩せぎすの中年男が携帯電話を耳にじっとこちらを凝視していた。不審者を見詰めるように私を凝視しているので、知り合いかなと思ったが、遠目に見て心当たりがない。近づいてさらに男の顔を見つつ知人親戚の記憶を探るがまるで覚えがない。

そのままバス停を通り過ぎるその時、いきなりその貧相なのが顔を突き出すようにして「ねぇ、あんた、あんた、今何見てた。あれ見てたろう。いいや見てたろう」と人指さし指を私の背後に向ける。指の先には門があるきりだ。「ん？　これって」。初めてまじまじと男をみると、彼はその顔と同じく黒いくたびれた背広にところどころ剥げた黒いショルダーバックを左手に握ったまま、顎を突き出して高飛車に「あんた、知っていたのかい」「いや、何を」「あんた、あんた、これ凄いんだよ。池田家、ほら、因幡、因州は鳥取藩池田屋の江戸屋敷の表門だったんだぜ、これ国宝級の門なんだぜ。あんた、知ってて見てたのかい」と私を非難するようにまくし立てた男は、外見は五〇前後のようだが実際はそれより若いかもしれないし、もっと老人なのかもしれない。昔のテレビ番組の水戸黄門役を思いがけなく長く演じた西村晃に似ている。あの黄門役はどこかうさんくさい黄門様だった。

私はその時に時間の余裕も心の余裕もあった。でなければ、そのまま足早に立ち去っていただろう。花曇りの空はいつの間にか嵐のような桜吹雪となっていた。

「いや、俺はある大学の講師をしているんだがね、専門が江戸時代でね。あんた、さっきから門をじっと見ていたから教えてあげるけどさ。これは見たとおりに左右が中国式だろ、唐破風様式の板塀が備えられていてさ、これは昔は丸の内にあったんだけどね、丸の内は知ってるかい、あんた、東京の人かい。A県、東北の、ああそうかい。あんた仕事は何、ああそう、これと同じ門が何処にあるか、あんた知っているかい」「いいや」「あんた、東京の人じゃないけど、渋谷パルコは知っているかい。そうそう、あそこにあったんだよ。今はその門は埼玉の土地に移転しているけどさ」「はあ」。

私はすっかり引き込まれていた。

「おれ、さっきからここで石坂浩二を待っているのよ。あいつが俺に今日一日で江戸のことを教えてくれって言うからさあ。いやオレはね彼に講義してるんよ。今度テレビで江戸の特集をやるってさ。江戸時代を教えるにはここがまず最初だわさ。〝なんでも鑑定団〟あんた見てるか。先週には江戸時代の特集番組やったろう」。私は真剣な表情をつくり口を挟んだ「A県ではその特集番組は見ませんでしたが」。「ああ、地方は再来週にやるんだよ、見てくれよ、オレも写るんだ。それでな、ずっと石坂浩二に教えてやっているんだ。今日はその講義の続きをやることになっててさあ。ここで待ち合わせなんだ、でも彼が忙しいんだか、なかなか来なくて」往来はタクシーがたまに通り過ぎるばかりでしんとしていた。

「あいつ今大変なことになってんだよ。さっき、おれ電話してただろ。彼からの電話で病院からかけてきやがるの。おふくろが悪くてさ、遅れるかもね、だって。それに、かみさんも大変なんだよ。あいつ、いろいろあったさ、週刊誌に出てたろ。みた。あいつ、今はほんと大変なんだよ。あんたは今日は何処行くの」。小柄で貧相な男は目をきょろきょろと路上と私に交互に動かして一気にしゃべり立てた。いろいろとまくし立てたが、この熱弁をそのまま続けると極限がないので途中を省略して筆をすすめる。

「あんた生まれはどこ。四国。四国か、四国は藩が幾つあったか知ってるかい。高知は土佐藩だけどさ、愛媛は幾つだよ、知ってるかい。愛媛は大洲藩、宇和島藩があったんだぜ、小さいのになると新谷藩なんかもあったんだぜ」

「廃藩置県ですね、あれは新政府の薩長が一〇日ばかしで決めたんでしたね」。そう返すと話を急にするりと変えた。すっかり私はそのパフォーマンスを楽しんでいた。「あんた、国会図書館、国立国会図書館、ありゃあ今はひどいもんだよ。勝手にさあ、資料をめちゃくちゃに廃棄してやがるんだ。重要文献も何も奴ら全くわからない連中でさ、棄ててんの。おれ、それの一部を今こうして、持っているんだがね。奴らそれを廃棄するつもりで国宝級の資料も棄ててんだぜ。おれ、それを持ってんだ。あんた興味あるかい。あるなら少し見せるか」と初めて辺りをぐるりと見回してからバッグを少しだけそっと開けた。古ぼけ黒く禿げた皮鞄から、どうみてもコピー用紙に印刷されたような書類が数十枚あった。どれも真新しい。これだけを見定めたところで本題に入ろうと、私はコートの内ポケットに右手をいれた。ぞっとした。どきんと一発心臓が鼓動し髪の毛が逆立った。財布がない。そしてあちこちのポケットを激しくかきまわした。ずしりと十数枚近いカード、紙幣とやたらに多い小銭が詰まった財布は身体のどこにも触れない。

ショルダーバッグを開くと学会抄録、CDプレイヤー、二日分の下着靴下とネクタイ一本だ。一瞬、唖然となり男と眼をあわす。私の所作を不審そうに見つめていた彼の目が険しくなり軽蔑の視線に変わる。

次の瞬間、突然に男が急に右手を高く上げて逃げるように車道を横切りながら路上に飛び出した。軽業師のように、左右から走ってくる数台の車をひょいひょうとよけながら門をめざす。その先には門の前で十数人の観光客が立ち止まり群がっていた。これらの前に立ちふさがる。

「ねえねえ、あんた達何見てる」と男は門を指さしている。旗をもつ若い女性ガイドと最前列の数人の中年女性達は突然の出現にあっけにとられている。

私は追いかける気力も急に失せて落胆しながら再びぶらぶらと根岸、言問通りに都会を漂流するように歩き始めた。長命寺界隈で所用を済まして上野駅に戻る道、芸大前をうるさくサイレンを響かせ救急車が目前を走り去った。

一二分で着いた池田屋敷表門前で、ちょうど救急車に運び込まれている蒼白の顔に両目を閉じた担送者はあの男であった。そこに居たキャンバスを片手にした若い男は「いや、僕も通りがかりですが、そのバス停に佇んでいた男の人が急に道路の向こうにいた人に手をあげながら道路にとびだして。そこに車がきて数メートル程もはね飛ばされました。乗用車は猛スピードで走り去りましたが」私は呆然とした。「台湾人の観光客は全然その男は知らないそうです。助かりますかねえ」「助かってほしいよねえ」。間の抜けた哀れな結末に私は嘆息した。

こういう商売をして口を糊して生きてゆくのは決して容易ではない。

私はあるいは金を巻き上げられていたかもしれないけれど、ネットや電話で姿を見せず老人をだます輩と違い、彼はなんと単純でも堂々と演技した。私は彼に出会い、途中までは完全に聞き惚れていたのである。人は刺激的なものを求めることがある。それは刺激そのもののなかには自身は身を置いていないから出来ることだ。渦の中心にいるものはそこから逃れるために必死である。その貧相などこか寂しげな顔貌を春のはかない光線に揺らめかして男は必死だった。そして私は彼の度胸と逞しさに羨望していた。

私は時に煩雑な日常から逃避し、そしてわくわくする時間を持ちたい。それでわざわざ危ないことを探し歩くこともする。人の少ない時間帯を想定して待ち構えていたにしては、彼の嘘は単純で場当りで底浅く迫力に欠けた。おおよそ、あらゆる生物は生きるためにだます行為をする。男の戦略は脳みそのないモウセンゴケやウツボカヅラの美しい罠、神秘的な精緻さに遠く及ばない。

しかし堂々とカモの前に立ちはだかり、両目をカッと開いて質問を許さず、途切れなくまくし立てた真剣な口上、相手の情報を探りながら、臨機応変に話頭を変化させるスピードあふれる力演に、私は恍惚となり感嘆していた。人はときに弱さからしたたかになり、臆病から向こう見ずとなる。そして私の気前のよさはおおむね与えやるのだという虚栄心に過ぎない。その哀れみの多くは他人の不幸の中に私自身の気持ちを感じるからである。

世間をわたる侘びしさ、辛さは程度の差はあれ人はみな同じだ。桜の花びらが散ってゆくようなふわふわした彼との対話に、私は短くも本物の時間を過ごせた。人間はお互いにだまされ合っていなければ社会をつくって生き続けられない、とフランスの賢人は箴言集に配した。

花曇りの空は暑くなった。春の光は初老の男のひとときの小さな感傷を未練無く飛ばしてしまう。帰り道、稲荷神社はかき消えていた。

この話の終わりに記しておくと、じつは私は財布は旅の始めから持っていなかった。財布は短期の旅には、重いのみで私はその旅にはVISAカードと数枚の紙幣、小銭のみ持って家を出た。その用心すらも完璧に忘れていた。私はカモになるだけのことはある。あの体験は稲荷様を軽んじた罰か認知症への警告か、いずれいいホントにいい薬だった。

（二〇一三年）

時間

忘年会の季節になった。これはその年のいやなことを忘れるための会だそうだ。しかし私には騒々しいだけで特に他の時節の飲み会とあまり変わりはない。ただ名目はどうあれその賑やかさは好きである。

私の幼児期は師走、大晦日は大掃除でたくさんの家人が朝から庭先に障子を並べての張り替えや餅つき臼の用意に追われていた。私たちは寒空に舞始める凧や、冬山の色づき、庭の枯れ葉に時の流れを知った。それは経つものであり、去ってゆくもの、その疾（はや）いことを知った。私達が意識しようとしまいと、世間で何が起ころうとも時は無常迅速である。

年に一度くらい世情の喧噪から逃れて時間を忘れたいものだ、と古人は考えたのだろう。かつて唐の大詩人は河に佇み、さらに古代のエジプト人やギリシャ人は星座を眺めた。

私は私なりに時間を忘れ生きていることすら忘却する時の過ごし方をしている。それを書く。

時間が私の裡から消えて行くひとときは欧州への夜間飛行だ。

何度丸い窓を開けても暗闇ばかりである。腕時計をみるともう二〇時間が経過している。しかし手錠のような時計はただそれだけ回転しただけなのよと眠たそうに告げる。私達は夜を、朝を月日と競争して追いかけているのよと囁く。ある日の夜に東京を飛び立ち、二日前の朝に戻ってパリに降りる。時間いや時刻に支配されている私が時間空間を自在にできるひとときｰ。時間が消えてゆく超音速で飛ぶ空間の中にいて、地球を私達はゆっくりとなめくじのように這う。

ゴーゴーと微かにうなるエンジン音のみが聞こえる。前にあるお盆ほどの引出しテーブルに置かれたワイングラスの朱色の湖は波一つたてない。私は酔い深く果てしなく長い眠りに落ちる。時は私の中で死んで行く。

小学四年生の娘と成田からローマに向かった。彼女には長距離飛行時間の概念が元来ないので、椅子に座り詰めで二〇時間を平然とゲーム機で過ごした。この時間の過ごし方は当然ながら高くつき、毎年とはいかない。

いつも年の暮れに私は厳冬の浜辺に足を運んで海の引力の祭りを見に行く。

いつも吹雪まじりの波に洗われて、寄せては返す波打ち際に何十羽というウミスズメやユリカモメが瞑想している。白く遠く近く揺らめく泡立つ裳に足を浸けて私も瞑想する。

これまで何千人の私がこの荒涼とした浜辺を歩いたことだろう。

世間の逃げて行く壁にいつまでも追いつけない私は、年の忘れものはないかと浜辺を放浪し、時にはなにかを消滅させるために、そして時には可能性の花束を探して浜辺を彷徨するけれども、いつも海は黙って大きなコバルトブルーのおなかをゆすって、見つかるものか取り返せるものかと笑うだけだ。

寄せては返す海は急がず、空は朝と夜を繰り返し、風は号泣し、そして鳥は黙って獲物を探しているだけだ。

ああ私の裡では海がとどろき、世界が私の心を波立たせるけれども最後には鳥がいっせいに飛び立ち、今日という名の時間が勝手に暮れてゆく。

吹雪混じりの夕焼けと海の祭りののちに、いつも私は諦念とも寂寞ともわからない気持ちで家路につくだけだ。

（二〇一五年）

Ⅳ　東日本大震災

魚の出てきた日

帰郷

平成二三年三月上旬の火曜日午前六時、秋田県大仙市の早朝は北国にしても、その時期としては異常に吹雪(ふぶ)いていた。私は郷里への出発予定の日程をやりくりしてさらに一日くりあげ、私と共に地球を三周旅してきた擦り傷の目立つ空のサムソナイトと、空のボストンバッグを除雪道具の積み重なる車のトランクに投げ入れて、手早くフロントや後部ガラスの氷を溶かし、凍り付いて重いドアを引いて雪が斑点模様となった運転席に腰を落とした。

一度は玄関に放り投げた皮のコートに思い直して袖を通した。高知に帰ると奇異に思われるにちがいない、もうそろそろ日中は暑ささえ感じる筈の南国での作業を思うと、肉体労働には邪魔で重たいであろう冬の装いのままにアクセルを踏み込む。

吹雪はさらに激しくなり、フロントガラス一面に吹き付けて無数の白い蝶になった。白い大群からワイパーが彼らを追い払う一瞬に覗く、車の轍の痕跡を目を凝らして秋田空港に向かう。

一〇年間の空白が故郷にあった。空き家にしてある郷里の自宅と両親の身の回り品、家財道具の整理、その他の雑事を片付ける必要に迫られての帰郷であった。厳冬を避けて仕事の面でも好都合と思っていた三月のその朝は、予想に反して激しく吹雪いた。

前日の夕刻、私は四日間診療を空ける旅になるので、留守中のもしもの場合の指示を数人の部下に告げた。その職場で四半世紀を超す経験のなかでもそんなことはしたことがない。霊感というものだったのか。

「まあ、あり得ないがね。たとえば、地震なんかあれば法令通りの処置で迅速にお願いします。印鑑が必要な場合はF先生から貰ってください」

法令に定められた処置ではあるが、どうしてその時に限りそんな指示を診察室に部下を集めて、印鑑のことなどにまで微細な指示を与えたのか今でもわからない。

四日が過ぎた。郷里の親戚知人の助力があり、予定外に帰途の時間には余裕が出来ていた。一日早く帰秋することも出来たが郷里で過ごす時間を多くとりたく予定通りにした。もし、一日早くしていたら……。

木曜日の夜に高知市内のホテルに宿泊した。一〇代からの友人にホテルから電話を入れる。

「まあ、ええわよ、引っ越しでも大変じゃったろうきに。わしのほうはこれは報告さしてもらうぜよ。昨日初孫ができてなあ。明日は広島にゆく。この次に帰ったときにゆっくりと飲もう。それより昨日だか秋田でも震度四の地震があったそうじゃないかね。大丈夫かよ」

「秋田ではその程度の地震は日常茶飯事のことだよ」

と返して深い眠りにつく。病院では放射線科技師達はその時、常ならぬ揺れを体感していたが、それ以上のものではなかった。ただし、その時には、だが……。

そして彼の別れに際しての挨拶のつもりの杞憂は翌日におそろしい現実となる。

災厄の午後

三月一一日の高知空港の深い青緑の空は、強烈な光でアスファルトを焼いていた。待合いのソファで一三時四〇分発のＡＮＡの搭乗を待っていた。搭乗案内をみると一便前の機に変更することが出来た。しかし、そうせずに、私はこの余裕で空港隣にある高知高専寄宿舎をほぼ四二年ぶりに訪れようと思った。一便前にしていたら。それから遭遇する事態のその次の仮定がこれである。

それは恐ろしい程に良く晴れた雲一つ見いだすことの出来ない、初めて経験するような美しい空であった。もう初夏とおもえる飛行を予定通りに終える頃、「間もなく羽田空港に到着いたします。上空は晴れ、ほぼ無風です」の機内アナウンスが、予定よりはやく一四時半頃に放送された。到着予定時刻は一四時五五分であったのに、私はこの早い到着にずっとあとでひっかかるものが出来た。それほどに珍しく早い到着であった。

滑走路に着地して短い制動距離で機は揺れもなく停止した。上手な操縦だな、と感じ入っていた。突然に機内が激しく揺れ主翼がぶるぶると震えている。地震ですね。隣の中年の女性が相槌を求めた。窓側の私は震えの止まらない翼に目を釘付けにして、全身を揺さぶられながら大きく頷いた。揺れはいっこうに収まらず、一分以上ほど持続したように思えた。時計は一四時四四分を指していた。停止してから、

「ただ今地震にあいましたのでしばらくお待ち下さい。安全を確かめてから機を移動します。今、地上作業員が滑走路の状態を確かめております」

この時には私は一五時四五分発の秋田行きには十分に乗り継ぎが間に合うだろうと思っていたので、滑

走路をあわただしく走りまわる空港の車や少なからぬ人影をただ興味深く眺めていた。

窓から東京湾の遥か遠く千葉県にあたる方向で黒煙が数本立ち昇るのが眺望出来た。火事か工場の煙かと訝っているうちに、二〇分ほど経過して機は一〇〇メートルほど移動した。ここで二回目の地震がきた。その後に機は停止と移動を数回繰り返して、ようやく三時半頃に第二ビルのボーデングブリッジにまで近づいた。その間、窓から一機の飛行機が着陸態勢に入りながらも、しかし地上に一〇メートルほどに迫った時、突然機首を挙げて急激にV字をつくって舞い上がった。少し輝きの弱った空で数機の飛行機が大きく旋回して、北に方向をとるのが次々に眺められた。その後、半時も過ぎると羽田の空の機影は全て消えた。空は心なしか暗くなってきた。対岸の煙は少なくなった。

私のドコモの携帯は地震直後から何度かけてもどこにも繋がらなかった。しかし、機内では時々あちこちで携帯の呼び出し音が鳴り、数人の安否を確かめる会話が聞き取れた。私の隣の女性も高知県人らしく、土佐弁で高知の娘らしき相手と安否の確認を交換していた。共にその声は興奮を帯びた早口から次第に安堵し、そして喜びの涙声に両者とも変わっていく。彼女の電話が終わり、その携帯は最新式のものですか、との私の問いに「いいえ、auのものでそろそろ買い代えなくては、と思っていたところですけど」。

機内で時折、数台鳴っている携帯電話はほとんどソフトバンクのものらしかった。私の携帯電話は数年前の古いものであるが、通信不能の原因は回線の混雑にあるらしい、と想像出来た。

炎上

定番の観光案内や今朝のＮＨＫニュースをながしていた前方のテレビ画面はもう、とうに灰色一色である。機内アナウンスは三陸沖で震度七の地震があったことのみの放送の繰り返しであった。

「テレビは見られないのですか」「残念ながらごらんのように録画した物しか放送していません。私どもも詳しいことはわかりませんが、放送のとおり東北から関東の太平洋沖の地震しかわかりません」

最初の地震から三〇分ほど経過する頃、私は備え付けイヤホーンに耳を澄ました。最初はＮＨＫのお昼の時間の娯楽放送であり、民放も定時番組で漫才の明るすぎる声と笑いが聞こえた。それは遠い次元を異にした世界を伝えていた。

午後三時を少し過ぎる頃に突如声が変わり、地震関連の情報がぽつりぽつりと雨滴のように聞こえ始め、すぐに激しい豪雨になった。

「三陸沖を震源とする地震がありました。震度七で津波が東北太平洋側、宮古、釜石、石巻、相馬を中心に予想されます。これらの津波の高さは六メートルから七メートルを越えると思われます」

最初の沈着、規則通りの口調のアナウンスは、数分後に専門家らしき人物が登場してやや緊張を帯びた。

「とにかく高いところに上がってください、木造なら三階建て以上に、津波は河口から上流に数キロメートルも遡ります。近くの川岸の方も避難されてください」

静かな解説からつよい警告、甲高い叫びに変わり、そして突然に放送の発信場所は東京から各地の現場実況にとんだ。

「千葉県の石油コンビナートは炎上しています」

「仙台市内はあちこちで火災が発生し、消防車が何台も出動しています」

津波警報は北海道から四国九州にまで及び、地震の大きさも津波の高さも時間が経過するごとに数値を増した。

「高さ七メートルから八メートルはある津波が幾重にも幾重にも重なって泡立ち、海岸に押し寄せているのが下方の海面に見えます。あと数十分で宮城県の海岸に到達するとおもわれます」

ヘリコプターの中継は、その後、仙台空港に変わり名取市から北釜に場面を変えた。

「津波がおしよせて、今、北釜の堤防を越えました。木造の屋根に数人、登っているのが見えます。あ、今、津波が押しよせてきました」

午後三時五六分、私はそこでイヤホーンを外した。

その時羽田で

搭乗機にいよいよビルのボーデングブリッジが接続されている時に再度の余震に襲われた。隣の機のブリッジは既に連結されていたが、その蛇腹は裂かれるように激しく伸び縮みし、無人に思えた機内から小走りの一〇人ほどの機長やエアホステスらしき人影が空港に慌ただしく吸い込まれた。

一分もたたないうちに眼前上の羽田空港第二ビル屋上にバラバラと数人の男が一斉に飛び出してきて、一様に海の方向に向かい片手を伸ばしているのが見えた。携帯カメラを使用しているのだろう、携帯の先には東京湾、その先に千葉県袖ヶ浦あたりで何本かの黒煙が昇っていた。もう滑走路を含めて地上には一人の影もなかった。機はさらにそのままの位置で一時間ちかくも停止していたろうか。夕日も弱くなり辺りが暗さを増してきた。

「皆様、ただ今から建物内にご案内いたしますが、どなた様も必ず、機内預け入れ荷物は受けとりまして一度、到着出口より出ていただきます。それからのご案内となります。羽田空港は現在、停電いたしまして今予備電源で動いておりますが、モノレール、エレベーターその他停止しておりますのでご承知下さい」

夕刻六時に近い頃に私達はやっとのことでビッグバードに吐きだされて、気持ちは幾分か解放された。非常用電源で空港の照明は薄暗い。停止したエスカレーターを両手に荷物を提げたまま登るのは、いくら歩いてもまるで進んでいない違和感と一段毎にがつんがつんとくる膝への衝撃がきつい。めざす階に踵を踏みしめて上がると眼下の光景に驚いた。

全日空を始めとしてどの航空会社の受付にも長蛇の列、つづら折りのような行列が既に何本も並んでいた。列の始まりがどこで、終わりがどこか分からない列も急速に増えてきた。それらの起点はタクシー乗り場であったり、公衆電話口だったり、レンタカー案内であったのだろうが、並んで目的を達した人が何パーセントあったたか。モノレールは勿論のこと都内への公共機関の交通は停止していた。乗客の空港からの移動手段は皆無に近かった。どの航空会社も搭乗案内は全て欠航、搭乗停止中、状況確認中の類であった。案内板の板は数分ごとに情け容赦なく、くるりと回る度に全て欠航の文字が表示された。

私の三時五〇分発秋田行きの欠航は予想どおりであるものの、その後の秋田便も最終便を除いて欠航となり、八時四五分の最終便は状況確認中と告げていたのでこれに変更できるかな、と期待していた。その期待は時間とともにすぐに消えた。搭乗券変更のために、もう整然として幾重にもなる沈黙の列に並んだ。やっと先頭位置にきた。やや気色ばんでいたのであろう顔色の私の問いに、微笑を浮かべた女性係員は「増便は今日の午後に直接お客様がご覧になりましたでしょうが、ほとんどの飛行機が羽田から引き返しまして、ここには増便する機は一機もございません。確約はできませんが、ご案内では、今のところは八時四五分の機は欠航にはなっていません。秋田最終便も出るとは思いますが、搭乗券は払い戻しでなくて変更でよろしいですね」

笑顔を絶やすことなく彼女は確認を求める。以後何度、何人の女性に私の搭乗券はボールペンで書き換えられたことか。最後に目的を達成した搭乗券の表情は、私の顔同様に真っ黒になっていた。

夕刻を過ぎる頃になると、西日本方面への搭乗案内が出始めたのである。私は最終便確認のため腰をあげた。しかし、自動案内機で出てきたレシートに驚いた。欠航七時半。ご指定の路線は全便欠航となりました。このレシートをお持ちのうえ係員にお知らせください。

「ああ、秋田も欠航になっちゃいましたね」係の女性は舌打ちせんばかりに告げた。

「明日は欠航にはなっていませんが、飛ぶかどうかは分かりません。午後一時の便は空席がありますけど」

彼女のみならず、全ての空港職員は何事もなかったように笑みを絶やすことがない。選択の余地なく変更での予約を済ましてから、ベッドを探しにタクシー待合にゆく。中年の浅黒い係員が、「見たとおりのこの行列ですからねえ。何時間もかかりますよ。第一それにタクシーがまったく来ないでしょう。首都高速は動いてないそうだし。羽田は今、陸の孤島でさあ。ここに車が入ってこられるとしてもごく近距離からですよ。それに警察がテロを警戒して規制しているらしくって」

私は呆れた。

実際、目前のバスラウンジに時折に到着するのは営業車のみであった。

「今夜は華金でしてね、かりに都内に出られてもはたしてホテルに空きがあるかどうか。レンタカーは借りられてもだめでしょう。電車は無論、首都高速も東北方面陸路も全部通行止めです」

私は近くの固定電話の列に並んだ。幸いに高知の叔母には通じた。

「ひろし君。いくら待ったってタクシーなんぞ来やせんぜえ。テレビを見よるかい。凄いことになっちょるがな」

叔母の興奮した声が反響してきた。公衆電話に入れたコインは、受話器を置くと全部ジャラジャラと音も高く返ってきた。後に知ったが、NTTはすぐに空港公衆電話を無料にしたらしい。

私は都内の友人宅に泊めて貰うことも考えたが、電話の不通、交通手段の途絶などすぐに不可能と悟った。その夜は東京を境に北と南で天国と地獄に分かれた。東北、北海道、八丈島などへの便は酒田空港などの例外を除いて全便欠航であった。次々と出る西日本方面の便は欠航便となった乗客への遠慮か、放送一回のみで乗客も沈黙のまま、そっと静かにゲートに消えていった。

ビッグ・バード最上階

またも余震に身体が揺れた。

「今も揺れましたね」と呟くと連れの男が、

「鋭いですね。揺れました。仕事の関係でおれ震動にはかなり敏感なんで、おれ、今日は彼女を迎えにきて二人ともこんな目に遭っちゃって。おれ二〇歳ですけど、これまでの人生経験はいろいろして……。ともかく人間は沈着冷静が大事でさ。今、地下で毛布配布しているらしいから、貴男の分も貰ってきましょうね。なにせ五〇〇〇人分しか用意してないそうで。今夜は二、三万人かそれ以上ここに泊まることになるでしょうからね」

「それにしても意外にマスコミがいないね」

「ここに来られないでしょう。今日は入れなかったけど、明日は報道陣がここにも入りごった返すでしょうけど」

深夜零時に近くなった。彼氏の携帯メールが鳴り、出迎えの友人がまもなく空港に着くとの知らせが入る。彼が、「折角だから僕らの記念写真を二、三枚撮りましょう。みーこ、そこに並んで」まず、テレビ局勤務の彼女と数枚撮り、今度は彼と私、そして最後にその二人を撮影した携帯を彼に返した。「さっき、みーこが撮影したここの屋上のごろ寝の集団写真を含めて送りますから」とのことでアドレスの交換をした。集団写真はみーこが友人のテレビディレクターに進呈するつもりで三枚撮影していた。

午前〇時を回る頃、警官が二人見回りにきた。医療関係者は一度も姿を見せなかった。ここには幼児や障害者が大勢ひっそりと固まって睡眠をとっていた。時折赤子が大声で泣いた。赤ちゃんだけが平常心を忘れない。その母親は泣き声の度に身体を小さくして、必死の形相で宥めていた。

午前一時を回る頃、迎えの車が到着して男女は記念にと毛布を抱えて去っていった。写真は彼女が後にメールで送ってくれた。

「四階です。足下にお気をつけください」のエスカレーターの自動アナウンスが故障していて「四階でお気をつけ四階でお気をつけ」のリフレインとなり、五月蠅くて眠れない。鼾をかいて眠っている辺りの人々に羨望を覚えた。

　階下の元いたソファに戻る。その辺りは闇に近い暗さだったのに、蛍明かりのような小さい碧い灯火が光る。ソファにうつぶせになり携帯を操作していた札幌の娘、チワワが小声で、「あの子と連絡つきました。無事だったようです」。

夜は明ける

　チワワが午前六時にそっと去っていった。

「どうら、あたし達も行くか、山手線も内回りは動きはじめたってゆうからさあ」

　浅草から空港のイベントをみにきて地震にあったという叔母さん連中の声が聞こえ、急に辺りが寂しくなった。毛布集めのアナウンスがせき立てたので、円形のソファから身を起こした。八時過ぎ頃に高知からの便が到着して、それを皮切りに西日本からの到着客がロビーから出口に慌ただしく移動してゆく。空港はゆっくりと回復している。

　第一ターミナルにも足を伸ばしてみた。ここも第二と同様で東北、北海道は欠航で空席待ちの数百人の列があちこちに出来ていた。ここで並んでも同じでしょう。仮に空席待ちになっても、飛ぶかどうか分かりませんからねえ、と今日はあちこちに増えた案内の係人に同情されて第二に引き返す。自動端末で、午前一〇時を回る頃になり、唐突に秋田全便欠航が知らされた。またもか。数えるのも一〇度を越して行列にならぶ。

「この状態では日曜日は無理かと思います。搭乗受付停止になっていますし。月曜日午後の便はまだ欠航になっていませんがお取りしますか」

土曜日の午後に混雑のなかを上野に着いた。今日動いている在来線は高崎線のごく一部だという掲示板であったが、にもかかわらず東北出身の人々が大半であろう無言の葬列のような人々の集団があちこちで佇んでいた。構内の壁に備え付けのテレビがあり、そのアナウンスと同時に群衆の目が一斉に画面に向かう。見上げると「陸前高田町の映像ですが」というアナウンスと共に湾を襲う巨大津波が車や人家を次々と飲み込んでいる。凝視する余裕がなく、人波に飲まれて動かされ運ばれた。流れに巻き込まれるまま予定外に不忍口に出る。自動改札口扉は開放され駅員が手渡しで改札していた。外に出ると桜咲く暖かい陽気で見慣れた日常を楽しむ上野の休日の行楽客が溢れているではないか。私は悪夢から初めて解放された気がした。坂を下り中央口にまわると、構内の行列は広小路改札口を抜けて道路にまで溢れ出ているし、救急車や消防車がサイレンをビル街にけたたましく鳴らして走っていた。

「うわあ、すっごい経験じゃん」若い娘が楽しそうに連れの男に語りかけ通り過ぎた。

上野駅周辺のホテルは軒並みに扉越しに手を振られ断られた。予想以上の状況に途方にくれた私は、タクシーで郊外にと思ったものの一台も見かけず、車はほとんど営業車か輸送トラック、救急車あるいは消防車であった。

ホテルの予約状況を確認しようとしたが、携帯は繋がらず電池残量も少なくなった。加えてもう初夏の暑さの正午過ぎである。両手にスーツケースとボストンバッグを抱え、むやみに歩きまわらず、体力の消耗を防ぐことも考える必要に迫られた。なにより生理的要求がきた。空港にいたときは考えずに済んだのに。浅草Cホテルに行くことにした。ロビーには座れるだろう。携帯はトイレで充電するとして、とにかく休息が必要であった。万策尽きれば空港に引き返すまでだ。途中何軒かの外国人観光客専用ホテルも「満室です」に退散しなければならなかった。

日曜日とはいえ人通りの極めて少ない閑散とした東上野界隈を歩いて、ふと十字路で立ち止まると、横に古ぼけたビルの一角で小さい看板が見えた。Mounatain Business Hotelsとあった。足が数秒止まり私の脳は激しく働いた。疲労していてもう一歩も無駄に歩きたくはなかった。わずかな希望に賭けそこに向かった。

半時の後に私は小さく汚い六畳間の畳に倒れ込んでいた。小さい障子窓から夕日が射し込みサイレンの音が絶えず響いてくる。高知の親類に電話して深い眠りに落ちた。目が覚めて初めてテレビをつける。「夢ならさめて欲しいと思ったが……」家族も家も失った老婆がいわき市の雪の浜辺で放心していた。

日曜日の混乱

一三日の朝、初めて秋田県大仙市の勤務先に携帯が通じた。月曜日以後にならないと帰れそうにないと現況を伝えた。そして浅草のCホテルに情報を得ようと脚をのばして、ロビーのパソコンを開いて仰天した。秋田便が全便搭乗現在受付中となっていて、一番機は出発手続き中ではないか。

大慌てで、飛行機のチケットがとれない場合はまた泊めてと念を入れてからホテルを飛び出した。

正午前に汗だくになり空港に着くなり受付すると、午後一時出発便が間もなく出ますので、すぐにそこから入り六九番にこのまま行ってください、と空席待ちの券を手渡された。その整理券の番号をみて絶望的になった。一四四番。息を切らして六九番ゲートに着くと百人近い乗客が集まっていた。再び今夜はあの韓国人のホテルで泊まることを予想した。それでは空席待ちのお客様をご案内いたします。まず一番から一〇番までの方いらっしゃいますか、パラパラと二、三人が挙手した。締め切られた時に搭乗できなかった自分がいた。案内は一二二番まで消化されていた。私は諦めて一度出て再び空席待ち搭乗券をもらおうと荷物をもった。その時、背後から女神に呼ばれた。

「残りの方はそのまま空席券をお持ちの上、次の便をお待ち下さい」

この日の秋田便は通常便より全て大型機に変更されて増便の形をとっていた。一五時五〇分発の便には乗れることを確信し、売店で空弁、サンドイッチなどを求めボストンバッグに詰め込めるだけ詰め込んだ。家内から秋田でも生鮮食料は入りづらいことを知らされていた。

そして、世相が落ち着いた五月一七日医局でふと手にした毎日新聞朝刊で、名取市北釜地区集会所屋根の上で津波に今にも飲み込まれる四人が掲載されている写真に息が止まる。それは機内で私が想像していた場面とほぼ同じ現場が掲載されていた。私はオーソン・ウェルズの宇宙戦争のようなラジオドラマを聞かされているような気分もした。現実には震災の犠牲になったと思っていた人々がかすり傷一本もなく命を拾っていた。その事実は私の心に最初小さな喜びを与え、すぐにそれは深い虚無に変わった。

（二〇一一年）

もうすぐ春の海なのに

一月の寒波の秋田県大仙市の夜のことである。ストーブを消すとたちまち氷点下に下がる病院官舎の室内で、正月気分も完全に抜けた老放射線科医の私は、午後七時のニュースを眼鏡を外してぼんやりと眺めていた。

　すると「昨年の福島第一原発事故で三月下旬に当時の菅直人首相ら幹部が放射性物質の断続的な大量放出が約一年続くとする『最悪シナリオ』を想定していたにも関わらず、公文書あつかいとされず封印されその記録すら残っていないことが明らかにされました」。国民放送の美しき女性アナウンサーが北朝鮮によく出てくる女性アナの放送様式を模倣したかのように、怒りを表にあらわして息巻いていた。居住まいを正して淡々とニュースを読み上げる昔の放送と違い、当節はスポーツ実況中継なみに絶叫調がはやる。

　議事記録が残っていない、やてえ、ほんまかいなあ。老医者の口元に薄笑いが浮かんだのを、今年は夜間の寒さを避けて居間に寝そべる一八歳の老犬が怪訝に首をかしげる。

　三月一一日午後二時四六分、老医は数年ぶりに帰郷をした高知からの帰りの便で、その全日空機が羽田に着陸した途端に激しい振動に襲われた。そして丸一昼夜を空港で過ごした。秋田には一三日深夜になんとか帰り着いた。

　三月一三日朝、早起きで知られる県立F医大放射線科医のS先生は病院の窓から見える白銀の世界に見入っていた。突然に胸のPHSが鳴り白衣を揺らす。

「先生、敷地内に設置している警報が鳴ったので測定してみたらえらい空間放射線量でどう測定してみても数マイクロシーベルトはあるんですよ。一昨日の二倍、通常の数十倍でしょ。もっと驚いたのは病院外の道路で測ったら、もっと高いんですよ、どうしましょうか。こんなの規定になくて。相変わらず霞ヶ関の省庁には電話連絡は全く繋がらないし。メールもほとんど返信なしでして」核医学担当のA技師が息を弾ませて迫った。同様の会話は数百キロ離れたM県T大学でも同時期に交わされていた。

「じゃあ、まあ、とりあえず、一桁きりあげるべえよ」Ｂ大先生の一言で数時間の混乱は全て収束した。「とりあえず〇〇シーベルトに上げておいて対応するべえ」周囲の人々の不安と困惑は火が消されるように霧散し、騒擾と大混乱は回避された。

東北を中心とする交通の大混乱その後に続く死傷事故は発生しなかったのである。彼は聖徳太子や大岡裁きを凌駕する知恵を瞬時に披露した。いつも通りに温顔で薄い微笑を浮かべて静かに、まるで今日の昼飯はカレーにしよう、という如く告げられたのであろう。私は後日それを聴いた。大石内蔵助の例に漏れず昼行灯はその時にのみ一度照らせばいいのである。

同じ日の同時刻、私はテレビの保安院発表の内容に混乱に陥っていた。前日に羽田空港を脱出して私はようやく探し当てた上野の韓国人経営の安ホテルの六畳間で、テレビの何とも奇妙なこの国民放送の発表に目覚めたばかりの耳も目も、そして脳も混乱してきた。それは太平洋戦時下の大本営やベトナム戦争時の米軍の戦果発表とはまるで次元の異なる奇々怪々な発表であった。これだけベクレルだのシーベルトだのｃｐｍだのを連発して、はたして一般大衆に理解できるのであろうか。ｃｐｍといった単位自体が日常の放射線量を対象にすれば大きな表現となる。

事実、「私は避難してきている人たちに彼らの衣類線量測定で、安心してください。たった五万ｃｐｍだけですから、といっても、『えー、五万もぅ、そんなに被曝してえ』と絶句されちゃいました。第一、私たちの全身を被う防護服もよくなかったですねぇ、もうその格好をしているだけで被災者の皆さんはすごく、びびっちゃって」と応援に、はるばる秋田から出向いた数人の放射線技師さんは、後日苦笑いで振り返り語ってくれた。この線量を毎日二四時間三六五日浴びたとして、と学問的にはよく使用されるが日常的には非現実な仮定、直ちには影響の出ない数値といった、人心をさらに不安にあおり立てる表現に私は狂気がマスコミを乗っ取った、と感じた。発言の内容は事実に全く正確であろうが、しかし意図がまるで不可解であり、この政権の終わりを告げるにふさわしい内容であった。放射線の後遺障害や遺伝的影響の数値は予測値であり、予測の正確さを求めれば求めるほど数式の表現は難解になる。

私はすぐに腰を上げて秋田への飛行便の再開された羽田空港に、再び重いスーツケースを引きずり向かった。曰く、人民は由らしむべし、知らしむべからず、とブツブツ呟いて。

四月のある日の深夜、関東で開業しているS先生に電話した。

「もちろん、オレの故郷だからランドクルーザーに食料、水を詰めこみ、お見舞いに、休日を利用して行ってきたよ。ひどいものだ。今、あの人たちに必要なのは医療じゃないな。住居だ、まず住む所がないと話にならないもんな。俺はランクルにガソリンと水を詰め込んで配ってきて喜ばれたけどな。まるで戦争をしたようで爆撃のあとみたいだった。よく釣りしていた小さな港なんて跡形もない、湾が消えちゃってる。気仙沼なんか大きいから形を成しているけどさ」

三月二二日深夜、「ああ先生久しぶりです。でもよく電話が通じましたねえ。こちらでは県外にはまるで発信も着信もほとんど出来ませんよう。元気です。Mちゃんや0君も被害はなかったようで。いまやっと仕事が一段落して、介護施設から帰るところです。ああガソリンはなんとかあります。だげんじょ、道路に出るのがもう大変で。国道をどんどんと新潟にいわき市や福島からの車が向かってますよ。今は雪降っていて、大雪になるようですしガソリンはほとんど入れられないでしょ。途中でなにかあったらどうするんでしょうね。ええ昨年の大雪でのこともあり道路はなんとか通じているようですが、ガソリンスタンドは全部休業でして、昨年の長期通行止めの再現にならなきゃ、いいんですけどね。今度は家族ぐるみなのでもっと大変ですよう」

彼は福島県会津若松市、郡山市の勤務医時代に知り合った看護師さんで、病院を退職して数年前から出身地の町に戻り介護施設に勤務していた。震災後にほぼ一〇日間、何度電話しても通じない、その時に通じたのは深夜の時間帯もあるが偶然である。

「会津若松市や周辺の施設も受け入れを何カ所かしていて私の施設にも三〇人ばかし受け入れて、さっきバスが着きました。到着した時には一人亡くなられていまして、今も、もう一人亡くなりそうです。八〇、九〇の年寄りを三時間もバスで揺らして連れてきたんじゃぁ、この寒さですし、そりゃあ死にますよね。電気はきてます。風呂は重油ですが一週間持つかどうか。水は井戸もありますし大丈夫です。食料も生鮮食料品も含めてあります。ただ汚染の問題もあり、心配でしたが先生がそういってくれて安心です。でも福島の業者は出荷停止になり数日前に自殺した人もいますよ。誰がこの責任とってくれるんでしょうねえ」

温厚な彼はいつになく長い饒舌でまくしたてた。老医は心の奥底でつぶやいていた。

誰も責任はとらない、とれない。安全な原発なんてありはしないよ。水と安全は日本人は只だ、と思っている。五〇年ほど前になるがイザヤ・ペンダサンというユダヤ人を装った日本人が大ベストセラーになった本でそう述べていたっけ。

「そのうち行くよ、皆に声かけておいて。集まろう」

秋田では鶏卵も牛乳も入手しづらくなり、どの店内も節電で暗く、心まで重くなるところ。小春日に私は秋田港入り口の工場駐車場を途方もない数のタンクローリー車が埋め尽くしているのをみて復興の始まりを感じた。その頃に福島の臨床検査技師のCさんの電話会話の中で「こんなんだから今年の桃は送りませんから」と告げられた。

「福島の人がそんなのじゃあ、先が思いやられるねえ。放射線が検出されていない桃をどうして堂々と送らないのだろう、いいから送ってください」

還暦をとうに越えた男にとり、あの程度の放射線量は何ほどのことか。そして、届いたたくさんの桃を、流石に「おすそわけ」にはいかないな、と毎日、懸命にかぶりつき消費し、糖尿病の心配もしながら福島人の心の打撃を思った。

四月になると福島県や宮城県の同窓生、後輩の被災状況がメールで送られてきた。両親も実家も家ごと流され、クリニックも使用不能になったD君からの連絡や、逆に秋田から被災地に向かった友人の声がぽつぽつと画面に流れた（後掲写真）。

六月の夕刻、当時の看護師や放射線科技師と郡山市駅前の居酒屋。A子が「そりゃあ、大変だったわよ、これ見てよ、仕事から帰る途中に撮っておいたのだけど」と、額に携帯をかざす。四輪駆動車が横倒寸前の場面。「でもなんとかこのとおり、無事で家も無事、でも仕事は一週間近くできなかったし、心理的経済的にも負担はあったけど、実質的損害がないので補償金は全く出ないのだってさ」と口をとんがらした。「まあ生きてるだけでいいんじゃない」、「そうね、家の近くがすぐ海岸で自衛隊の人が大勢きて話してくれたんだけどね。震災の翌朝に海にすごい数の魚が浮いてたんだって。ほら昔よくあったじゃない。水田に農薬なんか散布したときに田んぼや河に魚がいっぱい真っ白いお腹をみせて浮かんできて」、「へええ、魚も地震で死んじゃったんだ」、私は焼酎を一口あおった。

「ううん、それもあるけど、よく見るとそれはねえ」

激しく粉雪の吹きすさぶ三月一二日の東北の海岸に最後尾となり遅れて到着した一人の若い隊員は急に視野の開けた海を眺めて叫んだ。

「うわあ。沖まで海をうめつくすように浮いて。大分、魚もやられたんですね」

すでに海岸に集結していた大勢の自衛隊員は沖を一様に眺め、どうしたことか沈黙したまま全員が凍り付いたように立ちつくしている。隊長が振り返って怒号を飛ばした。

「馬鹿野郎、あれは人間だ、全部人間だ。人が浮かんでいるんだよ」

長く重たい沈黙の後に隊長の一声でみんな大粒の涙を流しながら作業にかかった。その光景は誰も記録しなかったそうだ。そう、A子は物語った。


（二〇一二年）

東日本大震災直後のいわき市

塩屋崎灯台と美空ひばりの歌碑がある。

いわき市小名浜地区（小名浜港）

津波で船が陸に打ち上げられる。

県の水族館「アクアマリン」も被害甚大。

久ノ浜地区

いわき市の最北部に位置。福島第１原発から30km。一時、市が自主避難勧告。地震、津波に加えて火災が発生し、被害が拡大。

いわき市四倉地区

当院から300 m地点。道路に泥が堆積。津波で流された車が道を塞ぎ、家に飛び込む。

（いわき市医師会長の木田光一先生、福島高専の布施雅彦先生より提供）

釜石市
JMATその他の対策本部ミーティング

釜石市
秋田JMATの中通総合病院、北秋田市民病院、開業医（山須田先生）、秋田県職員そして釜石市看護師OGによる合同医療支援チーム。前列中央が中通総合病院脳神経外科の菅原先生

釜石市
がれきと桜

釜石市
がれきと桜

（菅原先生提供）

気仙沼市
震災後の森田医院1階外来診察室

気仙沼市　津波後
森田医院外来処置室片づけ中

気仙沼市の海岸近くは鉄筋の建物のみ残った

津波がひいた後の医院と駐車場
秋田大学第3内科から多数の医師が応援にかけつけた。

気仙沼港
沿岸道路に打ち上げられた漁船

気仙沼市
沿岸部から津波で流された診療所

（気仙沼市　森田潔先生提供）

捨てられ焼かれて汚されて

「先生。たった今少し面倒がありまして、お昼休みに市のゴミ焼却場から問い合わせがあり、ちょっと至急にご相談が」温厚で几帳面なT技師長と冷静ではあるが、やや小心なK副技師長が共に青ざめ困惑したような面持ちで診察室に躍り込んできた。

東日本大震災の年が終わろうという秋の午後だ。「S病院から出されたゴミから4μシーベルトもの放射線量が検出されたとの連絡がありました」「へええ、まあ、座れや」と患者用、付き添い用の回転椅子を勧めながら、おおよその察しの付いた私は窓外の奥羽山脈の特に今年は見事な紅葉に視線を移した。この山々の北、数百キロ先には全国でも有数のエコ・リサイクルシステム処理場を備えたK町がある。私は憂鬱に包まれた。K町に持ち込まれたゴミのセシウム汚染灰を近く首都圏に返送することになった由の報道を今朝のテレビで知ったばかりだった。

「T技師長、ご苦労様。昨今は公民挙げてなんでもかんでも放射線を測定するんやなあ」

「全くだすべ、このあたりもたくさんの人が測定器を購入して食品の放射線量測定に本当にひやしねえ（騒がしい）ことだす。それでどうするすべ」

「K君、我が郷土の先輩、寺田寅彦先生の言葉で、天災は」「忘れた頃にやってくる、だすべか」「そう、

表　測定結果

単位：μSv/h	Max.	Min.	Ave.
朝	0.037	0.02	0.028
夕	0.033	0.017	0.026

S病院放射線科敷地内における震災後の空間線量率

・S病院放射線科敷地内での過去の空間線量率は **0.03μSv/h**（S病院核医学検査室境界で測定、25カ所の平均値）

もう一つ大事なことも言ってるよ……正しく怖がれ、や。先日、うちの敷地の放射線量を数週間にわたりA君に測ってもらったけど、原発前となんら変わりなく拍子抜けしたねえ。震災後にB先生がネットで詳しく発表したように、当時の気流は秋田県南からUターンしてむしろ信州や関東が放射線量としては相対的に高い。秋田県では汚染の影響はまず考えなくていいのに、とにかく東北は怖い、という集団ヒステリーに被われたからなあ」

「まったくだす。福島に応援に行っていたCさんやDさんも当時はわざわざ放射線量の低いT町などから、高いF市のほうに移動した人も大勢いたそうで。それでなんとするっすか」

翌日の午後、初老の放射線科医の私はマックを濾過装置としてメールで市のゴミ処理施設長に語りかけた。

「昨日にお問い合わせのありました当院からのゴミの放射線量につき回答いたします。調査しました結果と合わせて推察するに、それは核医学検査に使用するガリウムという放射線医薬品を投与された数名の入院患者様のおむつ、から検出されたものではないかと考えます。示されました数値は通常の大仙市内の空間線量からみれば約百倍という数値になりますが、人体に影響を及ぼす線量に至るにはさらにその一万倍あるいは十万倍以上が必要かと考えます。ガリウムは半減期が七八時間ときわめて短期でゴミ処理にたずさわる方やその他の健康被害は全くないと考えます」

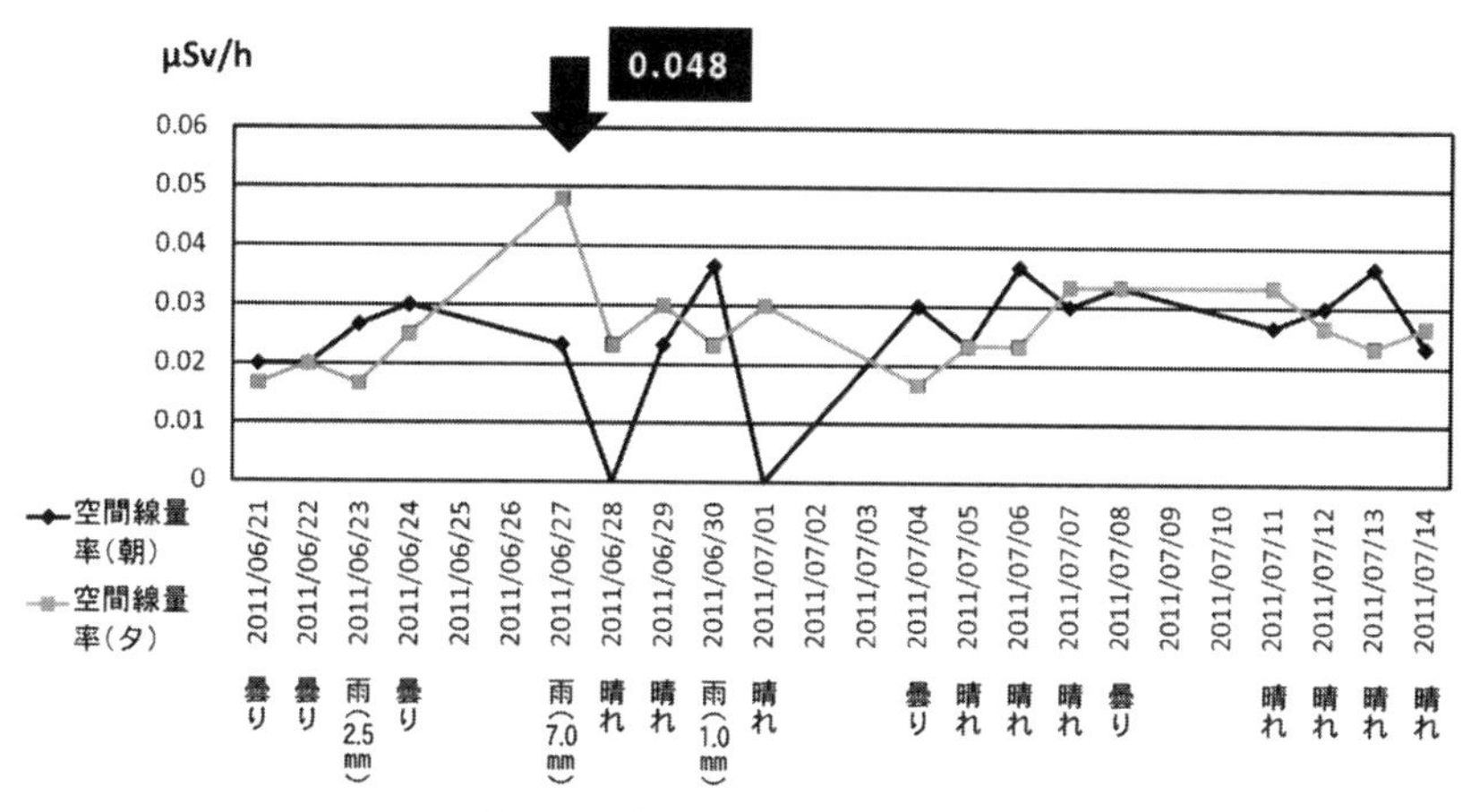

図1　測定結果（単位：μSV）
（⬇印の 0.048 は雨の日で、これは全国的に同傾向である）

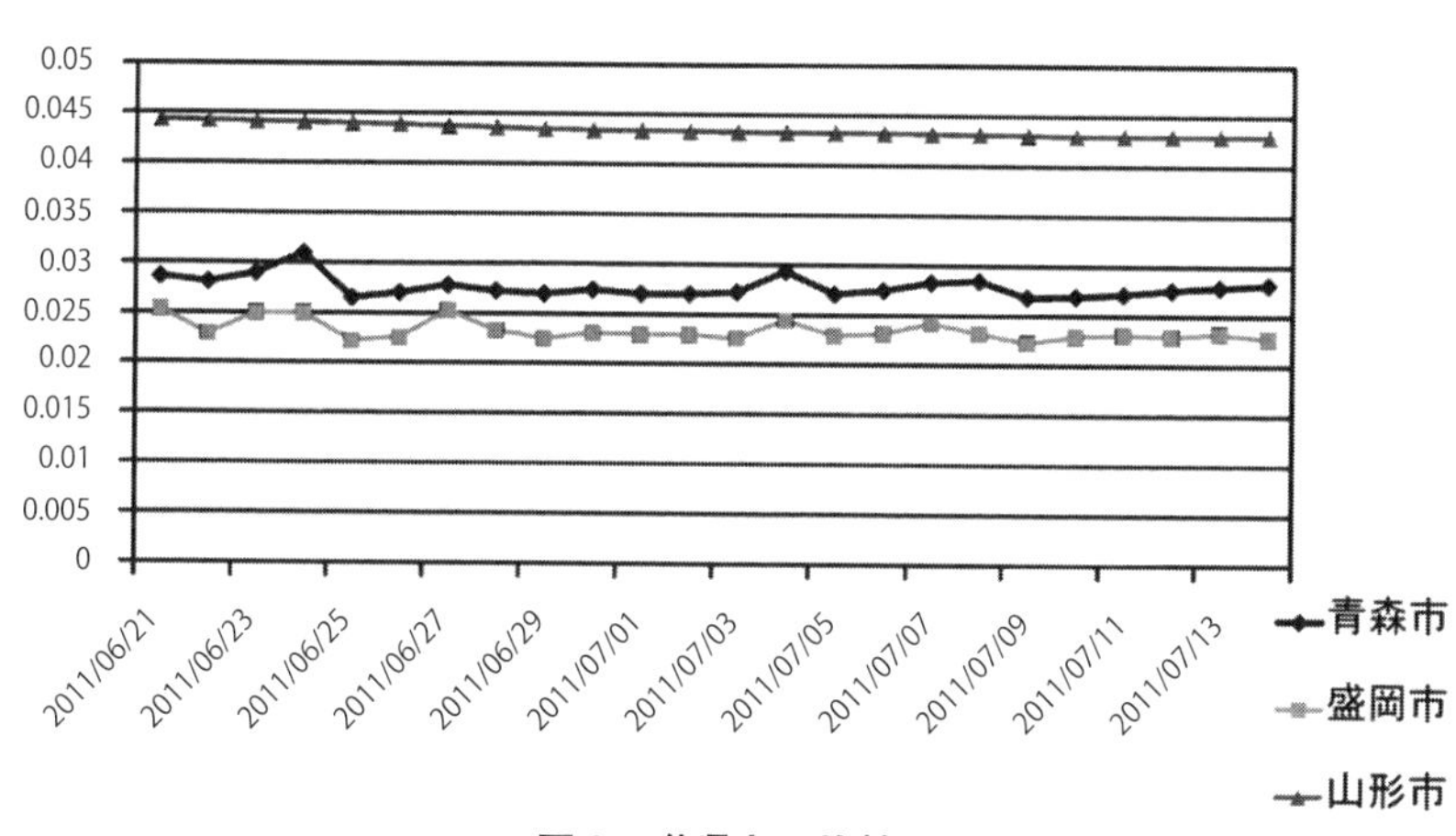

図2　他県との比較

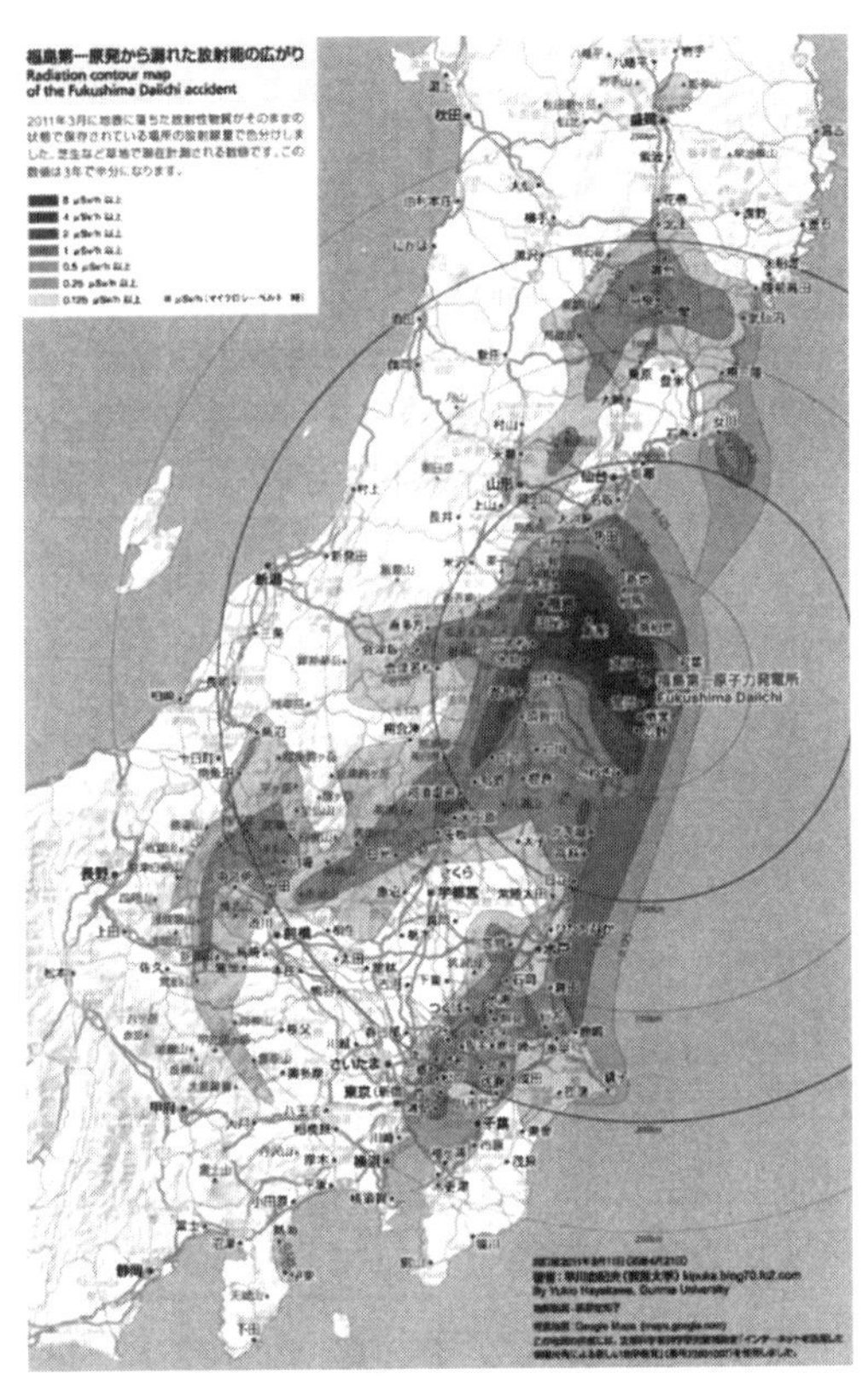

図3　福島第一原発から漏れた放射能の広がり
(群馬大学 早川由紀夫先生の火山ブログより転載)

私は限りなく低い、とか、ほとんど無視しうる、等の副詞、形容詞は避けた。学術的精密を目指すと自然に文は冗長になり、かえって曖昧になる。ほら、よくありますでしょ。株投資の話なんか、いろいろのチャートや統計数字を山のごとく見せられている内に甘い香りが漂い、わけのわからないうちに誘惑されて捨てられて、そして紙幣を紙屑にして泣く、そんな経験。いや話を戻す。

「ああ、わかります。黒川先生の仰ることは医者なら一〇〇人が一〇〇人とも理解してくれるでしょうが、ただ、しかし相手が一般公衆となると……」。問い合わせのあったその夕刻に私は県の衛生担当のS先生と連絡をとった。そこで「ただこれからは病院で核医薬品が投与された患者様のおむつ、等は当該学会で定められた規定通り、処理するように手配いたしました。今後は大仙市ゴミ処理には出しません……」。私はS先生と市への返事をこれで閉めた。

「S先生、県内の関連施設からこの種の問い合わせがありましょうか」「いいや、大体測定すらしてないのではないでしょうかねえ」。医者ならわかり、一般にはわかりにくいことは放射線に関する高度な知識ではない。なにが安全で何が危険か、予後予測の絶対性、などの日常的事柄であり、それでいて深い宗教的、哲学的心構えである。医者ならば、これらの問題を理解してもらうのに、いかに時間と労力を消費するか経験済みであろう。焼かれた上にまだ目くじらを立てられるおむつゴミに私は深く同情し、世情の狂乱に窓外に嘆息した。そしてゴミの放射線量の測定に関心の無い人々の幸福を、あるいは知恵をつるべ落としの秋の日に思ったのである。

今年は異常に雪も寒さも訪れのはやい一二月末の病院の忘年会の夜である。私はここでほぼ偶然にK市長と歓談する機会を得た。私は私達の出来事を話した。いつものとおり静かに笑顔を浮かべて、同じ団塊世代の市長は「正月あけに表明するつもりです。あの瓦礫をとにかく早く、なんとかしない限り復興も再生もありえませんし」。余興やなにやかやの喧噪の中でその小さい声はやっと聞きとれた。小さい声だが大きな決意が私の胸に木霊（こだま）した。そして年明けて、秋田県では初めて大仙市が被災県からの瓦礫受け入れを表明したことをテレビで知った。

市長さんは淡々といつものように記者会見をしていた。これからも色々と瓦礫ゴミの旅は灰になってもつらいものがあるだろう。しかしゴミよ、正しい灰になれ。

（二〇一二年）

地震予知と寺田寅彦

予知能力について

最近（二〇一五年）、知人から以下のようなメールとそれにネット添付文書が届いた。

日本地震予知学会会長で電気通信大学名誉教授である早川正士氏はここ数ヵ月、自身が首唱する地震予測情報サービス「地震解析ラボ」で、北海道や和歌山での地震をドンピシャリ予測している。六月五日の午前に起きた和歌山県沖の地震を場所、時期、程度、的中させているし、また、四日にも北海道釧路の地震を、これは二日ほどずれたが的中させている。彼の予測は地震の前兆現象として起きる地殻のひび割れと、このひびが発生させる電磁波が地球上空の電離層に与える影響を分析して予測するという。

さて、地震予知については阪神大震災に続く東日本大震災以後、官民挙げてその予知研究に世間がかまびすしいことは読者の周知しているところである。しかし、地震予知研究所の第一人者といっていい東海大学教授で海洋研究所地震予知研究センター長である長尾年恭のブログは、「……近い将来には『地震学会、地震予知から撤退』ということになり、また地震予知という言葉は使わないことになる。それは地震予測並びに火山噴火その他の観測研究というような名称になる」らしい。「もともと文部科学省の地震防災予算は年間一一〇億円程度だったが二〇一一年度つまり東日本大震災後には四〇〇億円以上に跳ね上がった。しかし短期直前予測の予算はきわめて少なくて一七〇〇万円程度だという」。

長尾氏は地震に前兆現象があることはコンセンサスが得られているが、それが観測できるか出来ないかというほどに小さくて判断しにくい。四〇年間の地震予知研究からわかったことの成果として、前兆現象は小さいということであると皮肉まじりに書いている。つまり政府は地震の短期予測は不可能だと諦めたと云うことになる。

私は難しいことはもう皆目わからない。しかし、昔、読んだ本を思い出す。数年前に故人となったが史実小説の大家、吉村昭氏の「三陸大津波」。地震の数ヵ月前から地元では信じられない大漁に恵まれたとか、季節外れの渡り鳥が飛んできたとか、それまで涸れたことのない土地の井戸が涸れたとか、が書かれている。土地の長老は地震の前触れだということを疑っていたらしい。つまり、予測は出来ていた。しかし、それが何時のことかは特定できず、結果として明治時代や昭和初期の三陸大津波の大惨事となったのである。

何故に予感がした

ここで、自然現象の予知の話から、個人的な霊感とか予言の話に筆を移す。

私は霊感とか巫女の予言とかは信じる方である。ばかばかしいと思う読者はここからあとは読まなくていい。

まず、史実にも卑弥呼や陰陽道師達その他、世界中の予言の話は残っている。さらに、我が郷土の大先輩である寺田寅彦先生は科学とお化けについて筆者の後押しをしてくれている。「科学的に説明がつかないからと云ってその存在を切り捨ててはいかん」と名著『科学と科学者のはなし』に書いているのですぞ。予感予知にこだわるのは私自身にある程度の予知能力、千里眼とはいかなくとも一里眼くらいはあると以前から思っているからだ。それらに纏わる話を思い出すままに書き綴ってみた。

私はその日その朝、何故いつもと違ってあんなこまごまとした指示を部下に出したかはわからない。

「私はこの度に数日間、郷里で数年前に死去した両親の家財片付けに帰郷させてもらいます。万一、病院に地震でも起きた場合の行動は厚生労働省の規則に沿い迅速にお願いします。必ずメールあるいは電話でいいから、関係諸庁に連絡はすぐとるよう。はんこが必要なときは○○先生が担当だから私の代理として貰って下さいね」。とかを月曜日の朝礼で技師長ほか四、五人の主任に念を入れて、その後すぐさまに吹雪の中を秋田空港に出かけた。私の出した訓示は本人の全くの想定外に金曜日の午後二時四五分に役立った。官庁から全国公的機関に一斉に発信されたおびただしいメールと同じ内容が、筆者の勤務していた病院の放射線科に送られた。

「平成二三年三月一一日一四時四六分、三陸沖牡鹿半島東南東一三〇キロ、深さ約一〇キロでマグニチュード七・九の東北地方太平洋沖地震が発生した。○○病院の所在地、秋田県大仙市大曲花園町での観測点での震度は五強である……」

二日遅れで復旧した電話と通信網で、高橋放射線技師長兼代理施設管理者と大畑放射線業務従事者から返信の緊急メールアドレスが筆者の指示したとおりの内容で返されたのである。あの時、筆者に霊感が降臨して神が私に言わせたのである。

その歴史的な年の三月一一日の正午、私は高知空港で搭乗待機していた。これから羽田空港を経て秋田に帰る私は、しみじみと空をみあげた、と恐ろしく空は青く眩しく輝いていた。高知空港上空の隅々まで拡がった異様な恐ろしい程に晴れ上がった夏のような空を今でも覚えている。それはいままで見たことのない美しい青い空であった。

海を渡る霊魂

もうひとつ書くと、前にもこの医報で書いたのだが、東北大学放射線科で古くからの知人、当時は某画像診断研究所所長のY先生が死去した際、私は夢枕で彼の死を知った。その年の秋の地方会の一週間前のことである。寝ている私に見えた。緑の山脈があり、その頂に巨大な彼の顔が白い雲の流れる青空に現れ、にやりと笑って消えた。あ、Y先生と私は思わず声を上げた。そこで目が覚めた。一週間後の朝、東北大学医学部が経営している某会館の玄関ロビーで知人に会った。「先生は知らなかったのですか。一昨日にお葬式でしたよ。一週間前に診察室で倒れ意識不明になりそのまま逝去されました」。これは私の予知能力というより彼の霊が私を訪ねてくれたからで、アンタの予知能力でもあるまいという反論は覚悟している。それにしても、私の夢枕に出演した故人はもう五、六人を超える。不思議なのはそれらの人々と私の人間・社会関係に何ら法則性が見いだせない。我が母であったりしたことは合点がゆくが、遙か昔の隣人であるというだけで関係は薄い方であった方、なんでアンタがと言いたかった人もいる。

他人の話をする。私の医局のT君という後輩の話でもう二〇年近く前のことだ。彼は当時、米国ニューヨークの神経放射線では世界的に高名な韓国系米国人のハン先生のいる、ユダヤ系病院に留学していた。

Ｔ君は理詰めで機敏な新進気鋭の助教授であった。彼は単身赴任するとすぐに、郊外のアパートを借りて病院に通っていた。朝早く起床するとまず、故意に汚れたジャケットを着込み、胸のポッケにギャングにおそわれたときの用意にと二〇ドル紙幣を押し込んでから、これも故意にそうした中古のおんぼろセダンで通勤していた。

ニューヨークにいて半年近くが経ったある春の夜であった。Ｔ君は深夜遅くにニューヨーク郊外のアパートで深い眠りに落ちていた。深夜、彼は目覚めた。闇の中でどこからか聞き覚えのある声がきこえたような気がした。閉めたはずの隣の部屋のドアが半開きになり、そこから赤い一条の光線が洩れている。灯りは全部消して眠る習慣であったものの、その時、彼は何も思わず、隣に行った。そこの暗闇になにかがいた。人であった。目をこらすと、日本にいる筈のＨがいた。暗い部屋の壁の隅に彼の同窓生で医局も同時に入局したＨが暗闇のなか向こう向きに蹲っていた。

「Ｈが、大学付属病院その他関連病院を少人数できりもりしている筈の彼が、何故そこにいるのかはその時はあたりまえでしょうけど考えませんでした」

「そうだろうねえ、僕も医局長の大林先生から早朝、病院に着くなり電話がきて突然に知らされたときには、君の状況とは違いはあるだろうが、それが信じられなかったからね」

「ええ、とっさに『Ｈどうした』と声かけしました。すると振り向いて、『苦しい』とやっと呻くような言葉が彼の口から出ました。で、僕が近づくと彼の姿がふっと消えて」

「消えて？？　それで」

「そこで後ろでけたたましい音がしました」

そこで彼は遠くを見た。

「僕はベッドのすぐ近くに電話を置いてあるのですが、それが闇の中で小さく光る表示灯とともにけたたましく鳴っていました」

「大林からだね」

「いや。僕の場合は秘書の三重川さんからの知らせで、Hが亡くなったと。……。僕はこんな話、人にするのは初めてです。もともと僕はそんなことを信じる方ではないのですが」

しばらく私達は無言でいた。

Hは突然の死を遂げた。ある春の夜に、付属病院からいつもと同じように自転車でマンションにもどり夕食を待つ間、一歳になる長男と居間のテレビの前でジャレていた。それが急に静かになり、調理中の細君が不審に思い振り向くと彼は仰向けになっていた。呼吸せずに。電話で救急車を呼び、その間、元看護婦だった細君がしばらくの間人工呼吸したが心肺停止状態は変わらず付属病院に救急搬送された。それから数時間後に某病理学教授のもと、数人の放射線科教授や医局員の立ち会うなかで、深夜というより早朝に病理解剖がされた。〇〇症候群という聞き慣れない病理診断は後に分厚い診断書に付記されていたが、明確な死因は特定できなかった。

「過労死かなあ」「いや難しい、医者ですからね。忙しかったのは間違いないでしょうが、忙しかったとしても、あれで過労死では他科の医者は納得しないでしょうね。世間的な社会的なこともあるし」と帰国したT君が久しぶりに学会で会った私につぶやいた。

囚人道路

ごく最近の話をする。東北大学のY教授とある研究会後の情報交換会でのことだ。そこで、共通の友人であるA教授のアウシュビッツ訪問体験、その土地に立った瞬間異様な空気、雰囲気を感じるそうですね、とか、私が喋り、そこに話頭が移るとY先生は、「私は北海道の出身で地元では有名ですが幽霊のでる道路がありますよ、私も何度か見ました」。息を呑み込んでいる私に「それは地元では囚人道路と呼んでいます。先日に家族四人が死亡した交通事故が報道されましたが、北海道はあのように片道二四キロというような直線道路は少なくはないのです。北海道開拓の歴史とも関係はあるのですが、この度はあのような暴走族のレースとして利用されて四人が亡くなられたのは残念です」と前置きして、「国道三三三号線、つまり昔は上川・北川中央道路というのですが、これは三三三号線の大部分にあたります。ロシアからの国防と平行して始められた北海道開拓には北海道横断道路の建設がかかせません。札幌根室の内陸線道路ともう一本、旭川から網走の北見新道、これは巷間では中央道路ですが我々は今でも囚人道路と呼んでいます。そこでは数百人が亡くなり、そのまま道路脇に埋められたとされています。時々、今でもその遺体が見つかり、北見峠には慰霊碑が建立されています」。

私が後に調べたら北見峠から網走の北見道路一五六キロの整備開削には受刑者一二〇〇人が動員され四ヵ月で完成されている。そこで栄養不足などの発病者が九一四名、正確な公式記録はないが、約一八〇人、あるいは二五〇人が死亡している。

「私はもう何度も見ています」といって教授はにやりとし、「私はそこの出身だったもので、学生時代にはよくその道路を走りました。ある夏の夜、馴れた道を札幌から郷里に向かっていると、夜目にも白い何かが突然、車の前方の脇から飛び出しました。私は心臓が止まりそうになりながら急ブレーキを踏みました。ドシンという振動をバンパー辺りに感じ、夢中で外にでてそこらを、いくら探しても何もありません。暫くしてまた車を走らせていますと、サーチライトの照らすはるか遠くに何か動いています。車を止めますと、赤い服の男達がぞろぞろと道路を渡って行くのが見えました」。

寺田寅彦先生とＹ先生

ここで、寺田寅彦先生の「化け物の進化」を引用させてもらう。

「人間文化の道程において発明され創作されたいろいろの作品のなかでも『化け物』などはもっとも優れた傑作と言わなければなるまい。（中略）昔の人は自然界の不可解な現象を化け物の所行として説明した。雷の現象は虎革のフンドシをつけた鬼の悪ふざけとして説明されたが、今日では、空中電気と称する怪物の活動だと言われている。空中電気というとわかったような顔をする人は多いが、しかし雨滴の成分分裂によっていかに電気の分離蓄積が起こり、如何にして放電が起こるかは専門家にもまだよくはわからない」

「まったく、このごろは化け物共があまりにいなくなりすぎた観がある。（中略）ともかくも『ゾッとすること』を知らないような豪傑が、仮に科学者になったとしたら、まず、あまり、たいした仕事はできそうにも思われない。幸せなことに、我々の少年時代の田舎にはまだまだ化け物がたくさんに生き残っていて、そしてそのおかげで、われわれは十分な『化け物教育』を受けることが出来たのである」

「不幸にして科学の中等教科書は、往々にしてそれ自身の本来の目的を裏切って、被教育者の中に芽生えつつある科学者の胚芽を殺す場合がありはしないかと思われる。実は非常に不可思議で誰にも本当にはわからないことを、きわめてわかりきった平凡のようにあまりにも簡単に説明して、それでそれ以上には何の疑問もないかのように、すっかり安心させてしまうような傾きが有りはしないか」

ここまで書いてきて私は思い出した。Y先生のことだ。Y先生はA脳研究所の初代放射線科部長だった。数年間、創生期のA脳研で業績を上げた後、y大学の医学部初代放射線科教授、そして病院長を歴任し、退官後は置賜総合病院の副院長として活躍していたが在職中に亡くなられた。

ある時、病院に新型のCTが更新導入された。まずはCTの丸い大きなガントリーに入って先生が最新機のテストをした。ガントリーはほぼ無音で放射線を先生の体の中心に集めながらクルリクルリと周回して先生の何もかも覗きみた。撮影が終わる。先生は鉛入りのドアをもどかしく開けて隣の読影コンソール室に入り「どうだった？　僕の写真は」と弾んだ声で問うた。モニター画面の前で椅子からバネ仕掛けのように立ち上がった数十年連れ添った弟子は「……先生……ご自身でご覧下さい」と言い残して先生に背中をみせるや、放射線科副部長は一言も言わずに部屋をでた。彼といっしょにと操作室にいた二人の医師も出て、新任の技師と技師長だけが残った。二人は凍り付いたように直立してモニター画面を凝視していた。

不審げにモニター画面を覗いたY先生は瞬間に近未来の自己の運命を悟った。

Y先生の業績は多いが中でも、ヨードテストなるものを中止させた功労者の一人であることは疑いがない。当時はヨードテストそのものも危険であった。その当時は内分泌疾患や循環器疾患で○○誘発テストなどが行われていて、この検査自体で亡くなる患者も少なくなかったと私は思っている。時代は移り放射線検査前の脱水状態はまずいということで、今では検査前の絶食絶水は行われない。Y先生は造影剤の歴史的な研究もしておりその著作や発表も多い。その講義で私は少なからずの患者さんが、レントゲンがX線を発見し一八九五年のその翌年に既に始まった造影剤の開発発展段階で、この副次的な作用で死亡しているのを知らされた。科学の発展段階には犠牲者がつきもので、その科学の名の奥底にすんでいるもの、妖怪は今も生きている。

（二〇一三年）

著者略歴

黒川博之（くろかわ　ひろし）

1948年高知県生まれ　医師・医学博士
国立高知高専電気科中退、秋田大学医学部卒業
秋田大学医学部付属病院放射線科助手をへて、会津若松市竹田綜合病院外科、郡山市南東北脳神経外科病院放射線科・麻酔科科長、秋田県厚生農業協同組合連合会仙北組合総合病院放射線科科長。定年後、介護老人保健施設の、ひまわりの里、やすらぎの苑、やかたなどの施設長・医師を務める。現在、大館市の西大館病院勤務。

ピーターパンの周遊券１　白い越境者

2023年1月15日　第1刷発行

著　者　黒 川 博 之
発行者　黒川美富子
発行所　図書出版　文理閣
京都市下京区七条河原町西南角　〒600-8146
TEL（075）351-7553　FAX（075）351-7560
http://www.bunrikaku.com
印刷所　亜細亜印刷株式会社

ISBN978-4-89259-919-4